# VIP
# 宿命

高岡ミズミ

white
heart

講談社X文庫

# 目次

イラストレーション／沖《おき》 麻実也《まみや》

# VIP《ブイアイピー》 宿命《しゅくめい》

# 1

街が動きだした頃、自宅前に到着する。

眩《まぶ》しい陽光は窓越しであってもあたたかく、気持ちのいい朝の始まりに車の助手席でほっと息をひとつついた。

朝まだきの空を眺めながら久遠《くどう》宅に通っていた自分はずっと夜のなかで生きてきたけれど、それももう昔のことだ。

運転席の久遠は昨日と同じスーツ、ネクタイを身につけているにもかかわらず、乱れたところは微塵《みじん》もない。このまま事務所に行っても誰も気づかないだろう。どうせすぐ着替えるからとシャツの第一ボタンを留めなかった自分とは大違いだ。

八歳という年齢差以上の隔たりを実感させられるのは、こういう部分だった。それなら自分もちゃんとすればいいと思うが、実行するのはなかなか難しい。

そもそも久遠のほうが特殊なのだ。

後部座席からコートをとり、和孝《かずたか》は車を降りる。

「ありがとう」

昨夜は木島《きじま》組の別荘でふたりきりの夜を過ごし、同じ車で帰ってきたというのに、外へ出た途端にずいぶん前の出来事だったように感じられた。

意気込んで湯治場に行って一日とたっていないというのが、どこか不思議なくらいだ。

いや……そうじゃないな。

頭の中で否定する。なんとなく散漫で、熱っぽく、こうも気怠《けだる》いのはまだ昨夜を引《ひ》き摺《ず》っているせいにほかならない。

昨夜。馴染《なじ》んだ肌に、慣れた行為もどこかちがって感じた。強いて言うなら二十五歳の頃といまの久遠の間を行ったり来たりした感覚、とでもいうのか。

「どうかしたか？」

運転席からの問いかけにはっとして、かぶりを振った。

「いや、朝だな～、仕事行かなきゃな～って」

朝っぱらからふしだらなことを考えていたせいで赤面しそうになるのをなんとかごまかすと、へらりと笑う。

適当な言い分をどう思ったのか、久遠は肩をすくめるだけだ。前回と同じ「また連絡する」という一言を最後に、和孝がドアを閉めるや否や走り去っていった。

「あっさりしてんな」

久遠の車が角を曲がるまで見送り、マンションへ入る。久遠があっさりしているのはいまさらだし、不満があるわけではない。むしろ昨日までに比べれば、心身ともに安定している。

エレベーターで上階へ向かいながら、これはあれだな、と妙な感覚の原因に思い至った。

いままでにも、要所要所に区切りはあった。

たとえば、公園で久遠と初めて会ったとき。それから、久遠の部屋を出ていったとき。再会したときももちろんそうだし、BM《ビーエム》が火事になった夜もその後の人生が変わる転機だった。

それと同じだ。

昨夜の出来事も自分にとっては、なんらかの区切りになるだろうと思っている。先のことなんてなにもわからないけれど、こういうときは永遠に懐かしい思い出にはならず、何年たとうと同じ熱量で、鮮明に脳裏によみがえるのだと。

この表現し難《がた》い胸の疼《うず》きは、ある種の予感だろうかと和孝は考える。

エレベーターを降り、自宅の玄関へ入ってすぐ何度か深呼吸をした。

だが、熱っぽさも気怠さもまだ体内にくすぶったままだ。少し昂揚《こうよう》を引き摺っているのかもしれない。

半ば無意識のうちに胸に手をやった和孝だが、手のひらに自身の鼓動を感じた途端、その場にしゃがみ込んでいた。

「……なんで、いま頃？」

身体《からだ》から力を抜くと同時に、鼻の奥がつんと痛くなる。泣いてねえよと久遠には答えたし、実際そのとおりだったのに、いまになってむしょうに熱いものがこみ上げてくる。

なんとか堪《こら》えようと唇を噛《か》むが、いまにもあふれ出そうだ。

どうやら自覚していた以上に、久遠に忘れられたという事実はこたえ、打ちのめされていたらしい。久遠のなかの自分が、自分のなかの久遠が別のものになるかもしれない状況にあったのだから当然と言えば当然だろう。

「あー……くそ。恥ずかしすぎるだろ」

陰で泣くなど性に合わない。そのときがあるとするなら、本人の目の前で喚《わめ》きながら泣いてやる。

あっさり去った男へ胸中で宣言し、両手でごしごしと顔を擦《こす》ってから腰を上げた。開店時刻は待ってくれない。とりあえず感傷を脇《わき》に押しやり、出勤準備にとりかかる。

着ていた衣服を洗濯機に放り込み、下着まで脱いだとき、なにげなく鏡に映った自分に目をやった和孝はぎょっとした。

「え、嘘《うそ》。なにこれ」

鎖骨の下と乳首の横に赤い痣《あざ》を見つけた。

久遠が情交の痕《あと》を残すのはめずらしい。例外を除くと、皆無と言ってよかった。その例外にしても、故意にそうしたのであって、今回のようなパターンは初めてだと言える。

「うわ、ここも」

それだけ久遠も余裕がなかったのか。などと思うと照れくささで頬《ほお》が熱くなる。せっかく仕事モードに切り替えたところだったのに、元の木阿弥《もくあみ》だ。

なにより恥ずかしいのは、痕をつけられたことに気づかなかった自分だろう。どれだけ夢中だったんだ、と思うとどっと汗が噴き出してくる。

――和孝。

同時に、耳元で熱く名前を呼ばれたことが思い出され、肌が粟立《あわだ》つ。いいかげん前夜の行為を反芻《はんすう》するようなガキくさい真似《まね》はやめたいのに、身体に残った痕を目にするとどうしようもない。

めくるめく一夜が脳裏で再現される。

たいがいの場合、久遠はこちらに合わせてくれるし、多少しつこいときはあっても無理強いしてくることもないが、昨夜は少しばかりちがった。

もう無理だと訴えてもさらに引き寄せ、甘い言葉で宥《なだ》めながら先を強要してきたのだ。

再会してから今日までの三年あまり、数え切れないほど久遠と寝た。当初は、まるで自身の熱を肌に覚えさせるかのように久遠は三日にあげず呼びつけてきたし、以降も顔を合わせるたびにベッドで抱き合った。

「……ベッド以外も、か」

木島組に乗り込み、久遠のデスクで盛った過去はもとより、これだけしてもまだ昨日はカーセックスに及んでしまい、激しく昂奮《こうふん》したという事実が笑える。

つき合いたての若いカップルじゃあるまいしと呆《あき》れる半面、しようがないとも思っていた。

自分にとって久遠とのセックスは、性衝動、快楽、愛情表現であると同時に安心を得るものでもある。

無事でよかった。明日も無事でいてほしい。

つい体温や肌の感触、胸の鼓動を手のひらで確かめてしまうのは、そういう気持ちの表れからだった。

「……なかなか痛々しいな」

どうにも恥ずかしくなり、熱を感じた頬へ手をやった和孝だが、悠長に浸ってばかりはいられない。

「やばい、遅れる」

首を左右に振ると甘ったるい感情を今度こそ押しやり、急いで着替えをすませて部屋を出た。

スクーターで店に向かって数分後、いつもの手順で開店準備を始める。メニューボードを書き終えた頃、村方《むらかた》と津守《つもり》がやってきた。

「おはようございます」

朝の挨拶《あいさつ》をすませると、各々の仕事にとりかかる。その傍ら、世間話の延長で引っ越し先を探していることを切り出した。

「じつはちょっと事情があって、いまの部屋を引き払おうと思ってるんだ。ただ、これというところはあっても、店から遠くていまみたいにスクーターでちょっとってわけにはいかなくなるし、できるだけ家賃は抑えたいしで、なかなか決めかねているんだけど」

次はファミリー向けのマンションではなく、セキュリティ重視の単身者向けの物件にしようと決めているが、そうなると条件の合うものを見つけるのは難しい。なによりローンを抱えた身に引っ越し費用は懐に響く。

家賃重視でいくと、多少通勤に不便な物件であっても目を瞑《つぶ》るしかなさそうだ。

「いっそ転がり込むっていうのは？」

広尾《ひろお》とか、と具体的な案を出してきた津守に一瞬口ごもる。なぜなら和孝自身、一度ならずそれを考えたからだ。

久遠との生活を想像するのは容易《たやす》い。十七歳の頃はさておき、短い期間とはいえ広尾の部屋に居《い》候《そうろう》をした過去がある。あのときは自分が不安定になっていて、そうせざるを得なかった状況を差し引いても居心地がよかったとは言えず、やはり同居は難しいという結論に至ったのだ。

　理由はいくつもある。

　身を置く環境がちがいすぎること。一緒にいるとありとあらゆる不具合が出てくるのが明白なこと。互いにいまの距離感がちょうどいいと感じていること。

　しかも、現在久遠は記憶があやふやのため、じれったくなる瞬間がどうしたってあるだろう。他のひとだとなんとも思わないことであっても、相手が久遠というだけで苛立《いらだ》つ自分が容易に想像できる。

　現に、湯治場から木島組の別荘への移動中、久遠とふたりきりでドライブした短時間だけで息が詰まると思わず本音が漏れた。

　もっともあの一言にしても記憶を取り戻す役に立ったらしいので、怪我《けが》の功名ではあるのだが、それがずっと続くとなれば話はちがってくる。

「それは――無理かも」

　子どもっぽい言い訳のような気がして、歯切れの悪い返答になる。だが、居候を排除したのは自分にしてみれば前向きな選択だった。

「引っ越しは大変ですからねえ」

　村方がしみじみとこぼす。

「――あ、うん。そうだね」

津守は警護という仕事柄おおよその事情を把握しているが、村方には一方的に心情を伝えただけでなにも説明しないまま今日まできた。

自分にとってはなんら恥じ入ることではなくとも、世間一般からすれば不適切な関係であるのは間違いないだろう。

そのため、和孝自身どうしても後ろめたさを拭《ぬぐ》えずにいるが——これ以上口を噤《つぐ》むのは村方を欺いているような気がして、胸が痛い。半面、押しつけになりはしないかという危《き》惧《ぐ》もあって、これについては明白な答えを出せずにいるのだ。

「あのさ」

唇に歯を立ててから、ふたたび口を開く。村方ならばむやみに拒絶することはないとわかっていても、どうしても迷いはあった。

「なんですか？」

屈託のない笑顔を向けられるからなおさらだ。

「あの、俺、つき合ってるひとがいるって話、前にしたと思うんだけど、その相手っていうのがその」

いったんそこで言葉を切る。どういう切り出し方をすればいいのか、決めかねていたのだ。

裏社会のまあまあ上のひと？　週刊誌で話題になっていた木島組の組長？

それとも――。

「久遠さん？　ですよね」

しかし、平然と返され、こちらのほうが面食らってしまう。

「あ……うん。そうなんだけど……それで、この前久遠さんの関係でちょっとあって、他の住人に迷惑をかけないうちに引っ越しをすることにしたんだ。できるだけ急いで」

あれだけ週刊誌でも取り沙汰されたのだから、村方がある程度の事情を把握していたとしても少しも不思議ではない。反面、表情にも口調にもそのことに対する不安や嫌悪感等がまるでないことに安心する。村方のおおらかさは、多少のことでは動じない強さの表れでもあるのだ。

「仕事に関してはこれまでどおりなにも変わらないから、そのへんは大丈夫」

そう締めくくった和孝に、拍子抜けしたとでも言いたげな顔で村方が目を見開いた。

「え、オーナーが深刻な顔をするからよほどのことかと思ったのに、まさかのこれだけですか？」

「これだけ、だけど」

「なんだ。僕、引っ越し代金を立て替える話かと思って、預金額を頭の中で確認してましたよ」

「いや、引っ越し代金くらい自分で出せるから」

なぜそんな勘違いを、と思わないでもないが、問題は他にある。

「久遠さんのこと、いつから？」

どの時点で察したのか、気になった和孝に村方の返答は明瞭だった。

「わりと早い段階ですかね。オーナーを見てれば気づきますよ。公言したくないんだろうなって思ってたので、こちらからは聞きませんでしたけど」

「…………」

もはや返す言葉もなかった。数々の迷惑をかけてきたと自覚があるだけに、万が一のときのためにあえて名前を伏せていたにもかかわらず、そうまで自分はわかりやすかったのかと衝撃を受ける。

いや、当たり前なのかもしれない。

過去を振り返ってみると、その都度乗り越えるのに精一杯だった。みなの助けがあってなんとか今日までやってこられたのだ。

黙り込んだ和孝に、村方はあっけらかんと先を続ける。

「最初は道ならぬ恋だろうと思ってたんです。でも、ぜんぜんちがいました」

「……道ならぬ恋って」

「不倫とか？」

後ろ指を指されるという意味では不倫も同じだが、反社会的でないぶんまだマシとも言える。自分の場合は、世間から白い目で見られるだけではすまない。

仮に久遠が逮捕となれば、たちまちこちらの生活に影響が及ぶだろう。見逃してくれるほど世間は甘くないはずだ。

「ごめん」

半ば無意識のうちに謝罪が口をついて出た。

村方は小首を傾《かし》げ、津守は呆れを含んだ視線を投げかけてきた。

「謝られる意味がわからないんですけど。もし、この先迷惑をかけるとか思ってだとしたら、僕のほうは何度もオーナーにお礼を言わなきゃですよ。オーナーがこのお店に誘ってくれたおかげで人生に目標と張り合いができました。だから、そういう謝ったりお礼を言ったりはナシにしませんか」

「……村方くん」

村方の言うとおりだ。

これ以上ない言葉に胸がいっぱいになる。村方と津守はBMの頃からのつき合いで、BMが失われたからこそより理解し合える友人になれたのは確かだが、どれだけ自分はふたりに支えられているのだろうかと、いままた実感する。

「なんだ。お花畑なのかと思っていたら、意外にも深く考えているんだな」

津守が茶化す。

村方は頬を膨らませた。

「お花畑ってなんですか。僕だって二十六歳男子ですよ！」

「てっきり、うちのマスコットは永遠の少年かと」

「永遠の少年って……それはそれで尊いじゃないですか」

ふたりのやりとりに吹き出す。また救われたなと思ったものの、謝罪も礼もやめておいた。

「さておき、オーナー。Paper Moon《ペーパームーン》があるのに、『月の雫《しずく》』もでしょう？　僕もそんなに貯《た》めているほうじゃないですけど、なにかあったときは言ってくださいね。微力ながらお手伝いさせていただきます」

ぐっとこぶしを握る様は頼もしい。

「わかった。もしものときはよろしく」

和孝はそう返し、あたたかな気持ちのまま通常どおり厨房《ちゅうぼう》での下ごしらえに集中した。開店後は順調に客が入り、まもなく近くのオフィス街からのビジネスマンもやってきたので満席になる。

めまぐるしく働き、一段落ついた頃、思いがけない客が店のドアを開けて入ってきた。

一度見れば忘れられない顔。招かれざる客、だ。

一見どこにでもいる年配の男のようで、普通とは纏《まと》っている雰囲気や目つきがまるでちがう。まだ鈴屋《すずや》のほうがよほど一般人に溶け込んで見えた。

瞬時に村方と津守とアイコンタクトを交わした和孝だが、先方は涼しい顔で客として席につく。

相手が客として来た以上、追い出すわけにはいかない。他の客と同じように接する津守に合わせ、和孝も努めて平静に対応した。

ランチセットを注文した刑事ふたりは、会話をすることなく食べ始める。どうやら昼の部が終わる直前を狙《ねら》ってきたようで、十分足らずで食べ終えたあとも居座り、他の客がいなくなったのを見計らって年配の刑事が口を開いた。

「灰皿をもらえるかな」

胸ポケットから煙草《たばこ》を取り出した刑事——確か高山《たかやま》だったか、津守が「申し訳ありません」とすぐさま応じる。

「ご存じだと思いますが、禁煙なんです」

「あー……そうだった。我々のような喫煙者は肩身が狭いよなあ」

あっさり退いた高山の意図が煙草でないことは明白だ。案の定、厨房に視線を投げかけてくると、不遜《ふそん》な笑みを浮かべてみせた。

「いや～、さすがだな。いろいろあったにもかかわらず、繁盛していて結構なことじゃないですか」

慇懃無礼《いんぎんぶれい》とはこのことだ。癇《かん》に障る言い方に、和孝は厨房を出てテーブル席に歩み寄った。

「今日はなんでしょう。手短にすませてもらえると助かるんですが」

和孝がそう言うのを待っていたのだろう、話が早いと前置きしてから高山はすぐに切り出してきた。

「この前の事故について、なにか聞いてないですかね」

もはや、久遠との関係を問《と》い質《ただ》す気もないらしい。先日の聞き込みのときとは態度がまるでちがう。

手帳を手にした若い刑事を一瞥《いちべつ》し和孝は、

「なにも聞いてません」

一言そう答えた。

高山も期待していなかったのか、すぐに次の質問に移った。

「じつは、いろいろ噂《うわさ》を小耳に挟んでね。小笠原《おがさわら》に南川《みなみかわ》、砂川《すなかわ》組——木島組。おたくの周り、やけに賑《にぎ》やかですなあ。ああ、田丸慧一《たまるけいいち》とも面識があるんだって？　帰国したって噂もあるが」

「…………」

なにを言われても冷静に躱《かわ》すつもりだったが、田丸の名前に無反応でいるのは難しく、息を呑《の》む。すぐに取り繕ったからといって、高山はそれに気づかないような愚鈍な男ではないだろう。

「とりあえず一度話を聞きたいんで、署までご足労いただけませんかね」

「話をと言われても、俺はなにも知りませんよ」

「知らないなら知らないでいいんですよ。一回ちゃんと伺うだけで。自分らは仕事したってことになるし」

なあ、と若い相棒に同意を求める。

相棒が頷《うなず》くのを待ってから、

「どうですかね」

再度確認してきた。

笑顔の対応がかえって気持ち悪い。

「わかりました」

迷ったすえ、和孝は承知した。固辞したことで何度も店に来られ、よけいな詮索《せんさく》をされるのがなにより困るからだ。苦渋の選択だと言ってもいい。高山にしても、こちらが断れないと見越していたにちがいなかった。

明後日《あさって》の定休日に出向く約束をして、高山たちを見送る。昼食作りにとりかかった和孝だが、高山から聞かされた話がどうしても引っかかった。

「田丸さんが、帰国？」

どうやらそれは津守も同じだったようだ。

「俺も、なにも知らない」

予想外だと言わんばかりに眉《まゆ》をひそめる。

「僕が作りますよ」

ただならぬことだと察したようで、申し出てくれた村方に賄いを任せ、食器の片づけをしつつ津守に疑問を投げかけた。

「だって、あのひとが帰国する理由って――」

なんだろうか。

稲田《いなだ》組に問題が起こったところで、組員ではない田丸にはいまさらの話だ。親である三代目には勘当されたと聞いているし、田丸自身、未練はないようだった。もっとも父子の縁が切れるわけではないため、父親の身になにかあれば周囲の者たちが帰国を促すことは十分考えられる。

しかし、いまのところ三代目になにかあったという噂はない。となると、あったのは白《バイ》朗《ラン》のほうか。向こうでなにか、田丸が帰国せざるを得ない事情ができたと。

「…………」

あれこれ考えたところで無駄と気づき、和孝はかぶりを振った。想像にすぎないし、もし本当に田丸が戻ってきているのだとすれば久遠の耳にも当然入っているだろう。

「俺も情報を集めてみる」

そう言った津守に頷くと、ちょうど出来上がった昼ご飯を三人並んで食べる。村方特製のレタスチャーハンとオニオンスープ。作り置きしておいたナスのカポナータだ。

田丸のことは気がかりだし、聴取の件にしても憂鬱《ゆううつ》になるが、食事中の話題には不似合いなのであえて避け、他愛のない会話に終始する。映画だったり、最近読んだ本だったり、ちょっとしたネットの噂話だったりと、くだらない話で盛り上がり、いい気分転換になった。

食事が終わってまもなく、津守が自分と村方を近くに呼んだ。

「さて、腹ごなしにレッスンを再開したいと思う」

「レッスン？」

村方とふたり、声が揃《そろ》う。

面食らう様に満足したのか、津守が深く頷いた。

「そう。護身術」

「護身術！」

またしてもふたり揃って声を上げた。以前、津守に初歩的な護身術を習ったが、今日はその続きのようだ。

お復習《さら》いからの、新たな技。後ろから抱きつかれたときは、素早く身体をずらし、肘《ひじ》を使って相手のみぞおちを一撃する。

相手がナイフを所持していたときには、とにかく正面に入らないよう避ける。避けられない場合は足元にしゃがみ込み、足払いという方法が有効。

「柚木《ゆぎ》さんは身体がやわらかいし、体幹がぶれないな」

褒められて気をよくした和孝は、最近めっきり筋肉がついた二の腕を誇示した。

「この仕事、案外体力勝負だからね」

「僕も負けませんよ」

腕まくりをした村方はぐっと力こぶを見せるや否や、

「隙《すき》あり！」

いきなりその手を下方へやり、股間《こかん》を捉《とら》えてきた。

「ひっ」

悲鳴を漏らしたのは不可抗力だ。たとえレッスンであろうと、不意打ちで股間を攻撃されたのだから恐怖のあまり身体も股間も縮み上がった。

「オーナー、これがレッスンで命拾いしましたね」

腰に手を当て、村方が高らかに勝利宣言をする。いつから勝負になったんだと首を傾げたものの、

「まあ、なんだかんだ金的が一番効果があるんだよな」

津守がジャッジを下した以上、負けを認めるしかない。だが、一度きりだ。

「次は、俺が勝つから」

早くも断言した和孝に、村方は不敵な笑みで応じた。

「返り討ちにしてくれますよ」

二回戦は明日に持ち越しとし、夜の部の準備にとりかかる。

昼休憩でリラックスできたのが功を奏してか、仕事をしている間は面倒事をすっかり忘れていて、おかげで夜の部も普段どおりスムーズにこなした。

閉店後、多少図太くなったのかもしれないと自己分析しつつ帰宅した和孝は、風呂《ふろ》の給湯スイッチを押したあと携帯を手にする。

電話の相手は久遠だ。任意の聴取に応じることを黙っているわけにはいかないし、田丸の帰国についても確認しておきたかった。

「いま平気?」

久遠はまだ事務所にいた。

承諾を得て、昼間の話をする。

「田丸さんが戻ってきてるって聞いたんだけど、本当?　もし本当だとしたら、ふたりで一緒にって可能性もある?」

田丸が自ら白朗と離れるとは考えにくい。白朗に心酔し、日本には未練がないような印象を受けた。

あのとき、自分を中華街に拉致《らち》監禁したのもそれ自体が目的だったのではなく、白朗が日本に独自のルートを作ろうとしていた、その片手間に久遠の鼻を明かそうとしただけだったのだ。

田丸自身は久遠に遺恨があるようだったが、少なくとも白朗からそこまでの真剣さは伝わってこなかった。

『誰から聞いた？』

「高山って刑事。明後日、聴取を受けることになった」

予想の範疇だったのだろう、久遠の反応は『そうか』の一言だった。

「本当かな。それとも、はったり？」

高山の風貌を思い出す。どこにでもいる平凡な男を装っていても、目つきばかりはごまかしようがなかった。

『いま確認中だ。一緒にというのが白朗のことなら、それは無理だろう』

「無理って、やっぱり、体調が悪いからって意味で？」

だとすれば、なおさら田丸は白朗の傍《そば》から離れないはずだ。その疑念は久遠に伝わったらしい。ああ、と肯定が返る。

『まだ生きているとしても、どのみち時間の問題だと聞いている。少なくとも帰国は坊の意思ではなさそうだ』

「……そっか」

久遠の言葉をどう受け止めればいいのか、わからなかった。

一度だけ顔を合わせた白朗を思い出す。

瘦《や》せた身体にこけた頰。それでもまっすぐ見据えられたときには、動けなくなるほどの圧倒的なオーラが感じられた。

もっとも自分にとってはティアオの印象のほうが強い。ティアオは白朗が演じていた男だが、身体にあった火傷《やけど》の痕は間違いなく本物だった。

腹から性器、大腿《だいたい》まで皮膚は赤黒く変色し、引《ひ》き攣《つ》っていた。ティアオが語った生い立ちも、本当だったのだろうといまでも思っている。

「なら、そうしなければならない事情があるってことだね」

時間の問題と言われるほどの白朗を残して帰国したのなら、そうせざるを得ないなんらかの理由ができたにちがいない。もし自分が田丸の立場であれば、片時も傍を離れずにいるはずだ。

「田丸さんは……」

その先を口にするのが憚《はばか》られ、和孝は黙り込む。白朗が亡くなったあとの田丸の身の振り方など、自分には想像することもできなかった。

そもそも、ほんのわずかであろうと同情するのは間違いだ。心情的には理解できるところもあるものの、共感するつもりはないのだから。

『日本のやくざの坊なんぞ、利用価値がなくなった時点で組織に処分されてもおかしくない。無事に帰国できたのなら、まだ白朗は生きている。それだけは事実だ』

故意であっても、身も蓋《ふた》もない言い方をした久遠にちくりと胸の奥が痛む。その理由は自分でもよくわかっていた。

あまりに境遇が似ているせいだ。

お互い惚《ほ》れた相手が悪かった。

裏社会の人間と出会って、惹《ひ》かれたのが運の尽き。普通の暮らしをしていても、事あるごとに価値観を変えられ、自身がまっとうからかけ離れていくのを実感させられる。それでも別れようとは思わないのだから、開き直るか、あきらめるかしか道はない。

『監禁されて、阿片《アヘン》を使われたんだろう？　それを忘れるなよ』

釘《くぎ》を刺されて、うん、と返す。

久遠に当時の記憶はないが、判断を誤るなという忠告であることは理解できた。

とはいえ、自分がまた田丸と顔を合わせる機会があるとは思えない。もしそんなことがあるとすれば田丸から接触してくる場合だが、その可能性は低い。いまとなってはそうする理由もないだろう。

「明後日の聴取、俺はなにも知らないで通せばいいんだよな」

話を変える意図もあって、あえて軽い調子で問う。

『そのままを答えればいい』

嘘をつくなという意味か。確かに自分が知っているのは、メディアで報じられている程度のことだ。

久遠がくすりと笑った。

「なんだよ」

怪訝《けげん》に思って問うたが、やめておくべきだった。

『頭にきても飛びかかるなよ』

まるでそうしても驚かないとばかりに揶揄《やゆ》されても、心当たりが多すぎるせいで答えるまでに間が空く。

「そんなこと……するわけないだろ。俺をなんだと思ってるんだ」

しかも最悪なのは、大半を忘れているはずの久遠の少ない記憶のなかで自分がどんなイメージを持たれているかを図らずも教えられたことだろう。

「せいぜい我慢するよ」

ばつの悪さから顔をしかめてそう返してから、短い電話を終える。携帯をテーブルに置くとバスルームへ足を向けた和孝は、警察に呼ばれたにもかかわらず存外深刻になっていない自分に気づいた。

慣れた、というのとはちがう。

おそらくあの、久遠の一言があったからだ。

——俺の人生に巻き込まれる覚悟はあるか？

和孝にしてみれば、とっくに巻き込まれているつもりだったし、腹をくくったのはずいぶん前だったので、その言葉を聞いたときはいまさらだと思った。

だが、そうではなかったらしい。

久遠が真正面から問うてきた、それ自体に意味がある。

正直に言えば不安がないわけではないけれど、何度問われたとしてもやはり自分の返答は決まっていた。

首まで湯に浸かった和孝は、目を閉じ、あらためて将来について考える。目下の望みは、Paper Moon と月の雫をなんとか両立させたいというものだが、その先となると漠然としている。見通しがつかないと言ってもいい。

すべては久遠次第だ。

今後久遠は五代目の座につくために動くのだろう。なにをしようとしているのか、自分にはわからない。想像もできない。状況に合わせて考え、その都度対応していく、できるのはそれだけだ。

ひとつはっきりしているのは、久遠が五代目になろうとなるまいと傍にいるのは確かだということ。

たとえ追われる身になったとしてもそれだけは変わらない。

「って……縁起でもないな」

手に手をとっての逃避行、どころか沢木《さわき》まで同行している場面を思い浮かべてしまい、覚えず眉根が寄る。妄想もここまでくればもはや喜劇だ。

まあ、結局のところ俺はどっちだっていいんだろうな。

バスタブから出た和孝は、手早く髪と身体を洗う。風呂をすませたあとは、あれこれ考えるのをやめ、早々にベッドにもぐり込んだのだった。

# 2

どこか懐かしい匂《にお》いのするネオン街には、十二月に入っても肌に纏《まと》わりつくようなぬるい風が吹いていた。

行き交う人々の笑い声があちこちで響き渡るなか、いずれかの店から漏れ聞こえてくるカラオケの歌声もそこに混じる。路地を行く千鳥足の男たちはすでに何軒かハシゴしたあとのようで、女性の名前を連呼しているところをみると、このあと馴染《なじ》みのキャバクラへ向かう予定のようだった。

愉《たの》しげな客たちは知る由《よし》もないが、日々同じ光景をくり返しているネオン街に近々変化が訪れようとしている。

もっぱら噂《うわさ》になっているのは、斉藤《さいとう》組の解散だ。

何代も続いている組だけに、話題には事欠かない。それも当然で、風俗店はもとより接待をともなう店においてケツもちと呼ばれるやくざは重要で、どこの組織の配下に置かれるかは死活問題と言って間違いなかった。

斉藤組に関しては、代替わり以降、いい評判を聞かなくなって久しい。だからこそ今後はどうなるのか、どこの組が進出してくるのかと恐々とするものだが、今回の場合はいささか事情が異なった。

解散と同時、むしろ時期としてはややフライングぎみの頃から木島《きじま》組の名が口にのぼるようになっていた。

というのも、早い段階で、木島組の組員がそれぞれ個人で店に出入りするようになっていたためだ。

「あー、わかる。心配だよな。なにかあったら、俺に言って。この店がなくなるようなことになったら、俺、困るから」

若い手下を数人連れた三十前後の男がスナックのママに笑いかける。スーツの下には派手な柄物のシャツ、首には金のネックレスと見るからに堅気ではないものの、愛想がいいうえに金払いがよく、ママや従業員に受けがよかった。

「助かるわ」

小さなスナックだが、五十年前から同じ場所で営んでいるというママの周囲への影響力はけっして小さくはない。ママが木島組の後ろ盾を望めば、倣《なら》う者も出てくるだろう。

「後輩にもこの店紹介しといたし、そいつらが来たときは俺のボトル飲ませてやって」

男は気前のいい台詞《せりふ》を最後にスナックをあとにする。無論、ママも上機嫌で外まで出て彼を見送った。

別の場所では、路上で揉《も》めている年配の男ふたりの間に、若者が割って入ったところだった。

「まあまあ。ふたりともちょっと落ち着きなって」

みなが眉《まゆ》をひそめて通り過ぎるなか、なにを好き好んで、と周囲は思っているだろう。繁華街で喧嘩《けんか》は日常茶飯事、とばっちりを受けないように無視するのが得策だ。

「こんなところで大声出したら、女の子たちが怯《おび》えるじゃん。話聞くから、とりあえず落ち着きなって」

第三者の介入によって、双方とも多少は頭が冷えたらしい。周囲を見渡すと、決まりの悪い様子で罵《のの》り合いを中断した。

「てめえがぶつかってきたんだろうよ」

「わざとじゃないんっすか？」

「は？　誰がわざとだって？　言いがかりもたいがいにしろよ」

だが、それもつかの間、いまにも摑《つか》み合わんばかりにヒートアップしていく。うんざりした顔をしたものの、若者はなおもあきらめずにふたりの肩に手を置いた。

「はいはい。じゃあ、ふたりとも場所変えてじっくり話し合おうか」

半ば強制的にふたりをその場から連れ出すと、

「お騒がせしました～」

周囲に頭を下げ、どこかへ去っていく。あとは何事もなかったかのごとく、またもとの賑《にぎ》やかな街に戻り、野次馬たちも散っていった。

「あのひとって、あれでしょ？」

遠巻きに成り行きを窺《うかが》っていたホステスらしき女性もその場を離れつつ、連れの男性に話しかける。

「あれって？」

「ほら、木島組の――」

首を傾《かし》げたところをみると、男性はなにも知らないようだ。

「え、どっちが？」

普通の会社員に見えたとでも言いたげに目を丸くする男性に、女性がふっと笑みを浮かべた。

「ちがうわよ。仲裁に入った彼」

「え。そうなんだ？　てっきり大学生かと思って、勇気あるなって」

「いかにもそれっぽいひとも多いけど、最近の若い子はそう見えないことのほうが多いんじゃない？」

ふたりのやりとりを耳にした通りすがりの誰かが、いまの会話を同伴者に伝える。そこで盛り上がると、さらに他の者らへと広がっていった。

そして、また別の場所では。

額に傷のある男が、とあるクラブのＶＩＰルームで木島組の組員数人と同席していた。

「紹介するよ」

やってきた店長にそう声をかけた男は、ひとりひとりの名前を口にのぼらせる。いずれも三十代半ばの彼と同年代、もしくは年下に思えるが、口調や表情から緊張しているのが窺えた。

「今後はこのひとが面倒を見てくれることになったが、これまでどおり俺もサポートするから、なにかあったときは遠慮なく言ってくれ」

真柴《ましば》さん、と最後に紹介された組員が男の言葉を受け、人懐っこい笑みを見せた。

「俺も人事異動でここいら担当になったばっかりでさ。不慣れなことも多いし、いろいろ教えてよ」

持ち前の愛想のよさを発揮すると、店長の表情がいくぶんやわらぐ。斉藤組の解散の噂が先行したせいで、先行きどうなるかとみな不安も大きかったのだ。

だが、このぶんだと木島組への引き継ぎはすんなりといきそうだ。

「どうぞ、よろしくお願いします」

丁寧に頭を下げてからＶＩＰルームをあとにした店長は、さっそく高級なシャンパンやフルーツ等の準備をスタッフに促す。心ばかりのサービスとしてＶＩＰルームに自ら運ぶためだが、無論本心は別のところにあった。

斉藤組解散のあと、後ろ盾となる新たな組になにかと便宜を図ってもらえるよう、いわば挨拶《あいさつ》代わりだ。

気さくそうに見えても相手はやくざ。

穏便にやっていきたいと考えるのは、夜の街で商売をしている者であれば至極当然のことだった。


目の前に立っている男へ、三島《みしま》はソファに腰かけたまま半眼を流す。平静を装ってはいるものの、いつ、どんなときであろうと表情が変わらず、落ち着き払って見える久遠彰允《くどうあきまさ》という男を内心では誰より警戒していた。

飄々《ひょうひょう》とはちがう。他人の機微に疎いのでも、興味がないのでもないだろう。

それならなぜこの男はこうも変化がないのか。

出会った頃からすでに数年がたっているというのに、他の執行部幹部の誰に対しても同じ対応をし、まるで温度差を感じさせない。

怒鳴り散らすこともなければ狼狽《うろた》えることもなく、嫌っているはずの自分に対しても、昔からずっと同じ態度で接してくる。

いけ好かない野郎だと内心で吐き捨てたあと、三島はそ知らぬ顔を装い、前置きをせずに本題に入った。

「久遠、おまえ、斉藤組のシマを荒らしてるっていうじゃねえか」

これにも顔色ひとつ変えない。多少でも動揺するならまだ可愛《かわい》げがあるものを——どうやら久遠は取り繕う気もないらしい。

「昨夜の喧嘩、説明できるなら、聞いてやるぞ」

アームに肘《ひじ》をつき、煙草《たばこ》を吹かしながら促す。

「昨夜の、ですか?」

だが、あくまで我関せずを決め込むつもりなのか、まるで他人事《ひとごと》のように応じる久遠に痺《しび》れを切らした三島は、灰皿に吸いさしを押しつけると身を乗り出した。

「涼しい顔してんじゃねえ。おまえが斉藤組のシマを狙《ねら》ってるのはわかってるんだ。昨日、うちの奴《やつ》らと揉めただろ?　仲裁に入ったのもおまえんところの若い奴だってな」

上目で睨《にら》み、語調を強める。

三島としては、上下関係を明白にする意図も大いにあった。

「どうせヤラセなんだろ。我が物顔で仕切ってたっていうじゃねえか。誰の許可を得て、うろついてるんだ?」

ようやく深刻な事態に置かれていると察したのか、久遠が顎を引く。

「ああ、あれですか。片方は三島さんのところの者だったんですね。喧嘩というほどではないと俺は聞いてますが」

その返答は望んでいたものとはほど遠く、眉がぴくぴくと痙攣《けいれん》した。どこまでしらばっくれる気かと怒鳴りつけてやりたいが、こちらだけ取り乱すのは腹立たしい。

「あとは、誰の許可を得てうろついているか、でしたか。許可もなにも、どうやら行きつけの店があの界隈《かいわい》にあるようで、数ヵ月前から通っているようですよ」

これ以上は聞いていられず、はっと三島は鼻を鳴らした。

「たまたまだって言いたいのか？　なんの冗談だ？　まさか、そんな言い逃れが通用すると本気で思ってるんじゃねえだろうな」

もっとマシなことを言え、と口許《くちもと》に嗤笑《ししょう》を引っかける。ヤキが回ったんじゃねえかと嘲《あざけ》りもそこに含めた。

「まあ、俺もいちいち組員の小競り合いを問題視する気はない。とにかく、おまえのところの組員を斉藤組のシマから引き上げさせろ。いくら解散が決まっているとはいえ、ハイエナみたいな真似《まね》をするにはちと早いだろう。解散後は、とりあえずうちで面倒を見るつもりだ」

腹でどう思っていようと久遠が立場を重んじる男であるのは間違いないので、これで話は終わりだと三島は新たな煙草に手を伸ばした。

だが、どうやら勘違いだったらしい。

「あのシマは店同士の結束が固いので、いきなり乗り込んでいって押さえつけようとしてもうまくいきませんよ」

なおも言葉を重ねる久遠に、火をつける寸前の煙草を手のひらで握《にぎ》り潰《つぶ》した。

「それは、おまえにはできて、俺にはできないと言っているのか？」

怒りを隠さず、低く問う。

「時間がかかると言っているんです。現に、ろくに足を踏み入れなかった組長の瀬名《せな》より、若い奴らを飲みに連れていっていた若頭のほうが信頼されていたくらいです」

「なら、たったいまから誰かやればいいだけのことだ」

「このご時世に、やけに悠長なことを」

ここにきて、久遠が初めて表情を出した。といっても、口角を上げただけだが。

「どういうつもりだ」

俺に戦争をふっかけるつもりかと、上唇をめくり上げて威嚇する。その度胸がないならすっこんでろという意味でもあった。

それが伝わったはずなのに、久遠は質問には答えず、おもむろに取り出した携帯で電話を一本入れた。目の前で許可なく電話をかけたこと自体不愉快だったが、落ち着き払っているその様子から、なにかあると予感し、三島は肩を怒らせた。

結論が出ないまま、五分後、部屋のドアがノックされる。待機していた部下が厳しい表情を覗《のぞ》かせた理由はすぐに判明した。

「斉藤組の戸田《とだ》が、親父《おやじ》に会いたいと言ってます」

反射的に舌打ちが出た。戸田は、先刻久遠の話に出た若頭だが、その地位にいられるのもあと数日だ。

解散後はどこかの組に厄介になるとしても、一兵卒からのリスタートとなる。いまはそんな奴に構っているほど暇ではなかった。

「いちいち聞かなきゃわかんねえのか。追い返せ」

「しかし……」

部下の目が久遠に向けられる。怪訝《けげん》に思ったのは一瞬で、当の久遠が平然と先を続けた。

「俺が呼びました」

車に待たせておいたというわけか。厭《いや》な予感がして顔をしかめる。

「本人が三島さんに一言詫《わ》びと挨拶をしたいと言うので」

下手に出ているようで、細部に至るまで計算し尽くしているのは明らかだ。なぜなら久遠はそういう男であるし、解散前の挨拶と言われれば撥《は》ねつけるのは難しい。

「——いいだろう」

久遠への疑心を募らせながら許可する。部下はいったん去っていくと、数分後、戸田をともなって戻ってきた。

緊張した面持ちで歩み寄ってきた戸田は、膝《ひざ》に手を置くとこうべを垂れる。

「会長。今度のことではお騒がせしまして申し訳ありませんでした。瀬名に代わって、俺が詫びに上がりました」

「ああ」

意識は久遠へ向けたまま、戸田に返事をする。いったいなにを企《たくら》んでやがると、相変わらずの無表情には苛立《いらだ》ちがこみ上げてきた。

「まあ、斉藤組は植草《うえくさ》があんなことになっちまってからミソがついたよな。俺も気の毒には思っているが、会則を破った以上はしょうがねえ。解散は、執行部満場一致の決定だからな」

戸田は神妙な面持ちで耳を傾けている。ひょろりとした長身ながら、人相はお世辞にもいいとは言えないうえに額に刃物の傷痕まである戸田だが、よほど可愛げがある。

少しは見倣えよ、とちらりと久遠に視線を流した。しかし、直後、思いもよらない報告を聞くはめになろうとは予想だにしていなかった。

「……なんだって？」

戸田に目を戻し、半信半疑で問い返す。

「解散後は、堅気になる者も何人かいますが、自分を含めて組員十四名、木島組の世話になることに決めました」

「…………」

これは──どういうことだ？

想定外の展開に目の前の久遠を凝視する。

自身に牙《きば》を剝《む》いた組員を懐に引き入れるだって？　十四人も？

「なんの冗談だ。こいつら、おまえの息の根を止めるために動いてた奴らだぞ？　解散に追い込まれて、また恨みも買ったはずだ。久遠、おまえ、正気か？　寝首を搔《か》かれてもいいって？」

実際、その可能性は高い。敵を身内にするなど聞いたことがない。敵はどこまで行っても敵。久遠の判断は、愚行、無謀というほかなかった。

「それについては申し開きのしようもないですが、だからこそ拾ってもらった恩義を裏切るような真似はしません」

「拾ってもらっただぁ？」

三島は忌《い》ま忌《い》ましさから鼻に皺《しわ》を寄せた。

「どういうことだ？　久遠から誘ったとでもいうのか」

戸田に話をさせるためだろう、久遠は口を噤《つぐ》んだままだ。その不愉快な態度を前に、三島は嘲笑《ちょうしょう》を浮かべた。

「斉藤組のシマに目が眩《くら》むあまり、その利口なおつむが働いてないいんじゃねえか？」

斉藤組の尻尾《しっぽ》を掴むという名目で手下を動員して探っていたが、裏では虎視眈々《こしたんたん》とシマを手に入れるために画策していたということか。それに気づいた瞬間、怒りで腸《はらわた》が煮えくり返る。

「てめえ……端《はな》からこれを狙ってやがったな、久遠」

殴りつけたい衝動を、ぎりっと奥歯を嚙《か》み締《し》めて耐える。

そうすれば久遠の思う壺《つぼ》だとわかっているし、立場も年齢も上の人間として、格下の前で醜態をさらすような真似はできなかった。

「誤解です。俺も、ついこの前までは木島に世話になろうなんて頭の隅にも浮かびませんでしたから。ただ俺らが路頭に迷わずにすんだのは久遠さんのおかげなんで、迷ったんですが、その恩義に応《こた》えたくて」

斉藤組をはめる際、一悶着《ひともんちゃく》あったという報告は受けている。どうせ瀬名が暴れたんだろうと詳しくは聞かなかった。

「黙れよ」

戸田の口上をさえぎり、三島は煙草を唇にのせる。怒りで手が震えそうになるのすら許せず、ライターで火をつける間になんとか頭を働かせた。

おそらくもう現状はくつがえらない。斉藤組のシマは木島組が呑《の》み込むだろうし、十四人は組員になる。とすると、ここで喚《わめ》き散らしても利点は皆無だ。そうするより、この件を利用したほうがよほどいい。

恩義だなんだといくら美辞麗句を並べたところで、十四人のなかには必ず異端者がいるはずだった。

「おまえみたいな奴を恥知らずって言うんだろうな」

それでも黙って認めるのは癪《しゃく》に障り、火をつけてから戸田を見据えた。

「久遠のタマをとろうとしたくせに、失敗したら全部瀬名の責任にして寝返ろうなんざ、なかなかできねえよ」

皮肉めいた言い方をしたのは、無論故意だ。

「重々、わかっています。だからこそ……」

ぐっと、苦い顔で戸田が喉《のど》を鳴らす。

「事故の件なら、瀬名の独断だったと調べはついてます」

久遠がようやく口を挟んだ。

「ばかばかしい」

実際、知ったことかというのが本音だった。

久遠を殺そうとしたのが瀬名の独断だったとしても、失脚させようと組を挙げて動いていたのは事実だ。たとえ瀬名の命令に逆らえなかったからだとしても、やはり戸田が恥知らずであることには変わりない。

「せいぜい後悔しないようにな」

それでもいっこうに構わないというニュアンスを隠さず、久遠に放言する。今回の判断でなんらかの齟齬《そご》が出るなら手間が省けてちょうどいい、とこの場で言ってやりたいが、木島組の上納金が魅力的なのは確かで、もう少しの我慢と穏便にすませているにすぎなかった。

久遠は、ひょいと肩をすくめてみせた。

「もし三島さんの言ったように寝首を掻かれたとしたら、それは俺の見る目がなかったということです」

なにより癇《かん》に障るのは、久遠のこういうところだ。甘言で釣るような真似をせずに泰然と構えて、いつの間にか相手を取り込む。

腹が立ってしようがない。

「俺らはどう言われても構いません。一からやり直すつもりなので。しかし」

その先を戸田が口にしなかったのは、久遠が右手を上げて止めたからだ。

さっそく忠犬ぶりを見せつけやがって。

「そういうことですので、しばらく落ち着かないかもしれませんが」

表向きは礼儀正しく目礼する久遠に、煙草の煙を吹かしながら嗤笑した。

「もっと頭のいい奴かと思っていたのに、どうやら買いかぶりだったらしい。俺を虚仮《こけ》にして、このままますむとは思ってねえよな」

三島にしてみれば宣戦布告だった。当然久遠もそれに気づいただろう。

「許可なく内部抗争を起こせば、会則に反しますよ」

だが、この期《ご》に及んで余裕の態《てい》でどうとでもとれる返答をしてくる。これほどまでに不愉快な男はそうそういない。

まだ隠し玉があるとでもいうのか。疑いだすときりがなくなり、右手を振った三島はふたりに出ていくよう命じる。

久遠と戸田が一礼して部屋から消えるのを待って、テーブルの上に置かれた灰皿を摑むや否や、思い切り壁に投げつけた。

「くそがっ！」

鈍い音をさせて壁を抉《えぐ》った灰皿が、床に叩《たた》きつけられる。飛び散った吸い殻を睨みつけると、大きく深呼吸をしてから、

「片づけておけ」

頬《ほお》を強張《こわば》らせている部下に命じた。

「このままじゃすませねえぞ」

会長の座を奪おうとするなら、戦うのみだ。戦って、木島組ごと潰してやらないことには腹の虫がおさまらない。

久遠のひれ伏す姿を想像すると、心底胸が沸き立った。

こきこきと首を傾け音をさせた三島は新たに用意された灰皿で火を消し、ソファから腰を上げる。奥にあるドアから隣室に移動した途端、客人が微苦笑で応じた。

「相当おかんむりですね」

どうやら久遠とのやりとりに耳を澄ましていたらしい。

「あいつがムカつく野郎なのは、いまに始まったことじゃない」

咳払《せきばら》いをしてから、いったん怒りを脇《わき》へ押しやる。せっかく呼び寄せた客人に、無様な姿を見せるわけにはいかなかった。

「まあ、そうですね。俺もあの男が嫌いですから」

過去の経緯を思い出したのか、整った顔に険が滲《にじ》む。三島にしても久遠とのいざこざを知っているからこそ、今回、わざわざ呼び戻したのだ。

「慧一《けいいち》くんが戻ったと、あちこちで広まってるみたいだな」

久遠は、一言も口にはしなかった。

知らないとは考えにくいので、知っていてあえてその話を避けたにちがいなかった。

「みんな暇なんでしょうね」

侮蔑《ぶべつ》のこもった口調に、田丸《たまる》の思考が透けて見えるようだった。向こうに比べれば日本の裏社会などぬるま湯、そう思っているのだろう。

ひとりで身を立てたことすらない半人前らしい思考だ。

これじゃあ手を焼くはずだな、と三代目には同情する。自分の目から見れば、田丸は親に反抗している思春期のガキと同じだった。いや、ガキなら尻《しり》を叩いて説教すればすむが、三十にもなろうかという男ではそうもいかないぶんたちが悪い。

「そうだな。平々凡々がいいっていうのは素人の世界の言い分だ。やくざが暇を持て余す世の中になっちゃ、しまいだよな」

ええ、と同意が返るのを待って、田丸に向かって両手を広げた。

「それにしても、俺を頼ってくれたのは正解だった」

父親に絶縁されている状況下で田丸が頼れる相手は少ない。稲田《いなだ》組ではたちまち父親の耳に入る。田丸にしてみれば、会長という立場のみで選んだのだろうが、三島にとっては好都合だった。

「おかげで命が繋《つな》がりました。三島さんには感謝してます」

田丸の言葉に頷《うなず》く。

彼《か》の国では病院に行くことも叶《かな》わない白朗《バイラン》に、日本から密《ひそ》かに医師を派遣したのは先日のことになる。

田丸本人から相談を受け、すぐに対応した。

勘当されたドラ息子に用はないと無視してもよかったが、現状、なにが功を奏するかわからない。三代目の嫡子に恩を売っておくのもいいという判断が、さっそく役に立ってくれそうだ。

「俺のほうこそ、無理に帰国させたんじゃないかとすまなく思ってる」

詫びる義理は微塵《みじん》もないとはいえ、機嫌を損ねると面倒なので口先だけで謝っておく。内心では失望していたとしても、まだ田丸の使い道はあった。

――本来なら、自分の手で久遠の鼻をへし折ってやりたいだろ？

誘いをかけたのは、事故の前だ。斉藤組の久遠への報復に関しては、傍観者を決め込むつもりでいたのに、いつまでもぐずぐずと煮え切らない瀬名にはいいかげんうんざりしていた。

それゆえ、てっきり飛びつくだろうと斉藤組と木島組の揉め事を話して聞かせ、いまがチャンスだとそれとなく水を向けたところ、意外にも田丸は渋った。

――久遠を恨んでないのか？

思わずそう問うと、信じ難《がた》い返答があった。

――昔のことですから。

躊躇《ためら》いがちだったのは、久遠への恨みと白朗を天秤《てんびん》にかけたからではないとわかった。

確かに、四年もの歳月を久遠のせいで奪われたことへの恨みはあるだろうが、いま現在白朗の傍《そば》に付き添っているという事実が田丸の心情を変化させたらしいと。

確かに白朗は長くない。

たいそうな野望も果たせないまま終わるはずだ。残された同志たちが白朗の意志を継ぐかどうかは——三島にはどうでもいいことだった。

いまの時代に旦那《だんな》に尽くす嫁かよ、と内心で吐き捨てたものの、おくびにも出さずにおも誘いをかけた。

田丸の自主性に頼るのではなく、恩を返せと軽く脅したのだ。たとえ田丸が頼る相手を間違えたと悔やんでいたとしてもすでに遅い。

そもそも厚意で助けてくれるなんて思うほうがどうかしている。

「それで、俺はなにをすればいいんですか？」

さっさとすませたいという心情があからさまな田丸の問いかけに、三島は顎《あご》をひと撫《な》でした。

買いかぶりすぎていたようだが、呼び戻した以上、多少は役に立ってもらわなければ困る。いくら甘やかされた坊であっても周囲の目をそらすことくらいはできるだろう。

「久遠はこのままにしておけないよな。内側から壊すのが一番だが、とりあえず揺さぶりをかけておくか」

そう言うと、田丸が不審そうに目を眇《すが》めた。

「内側って？」

「子飼いの部下を木島組にもぐり込ませてある。うまく久遠の信用を勝ち取ったようだし、スムーズにいけば、それほど時間はかからないだろうな」

向こうに戻れるという意味でそう言う。が、田丸はなおも不服げに眉をひそめた。

「でしたら、俺が帰国しなくてもよかったんじゃないですか？」

言い分はもっともだ。

三島は首を横に振った。

「慧一くんがその場に立ち会わなきゃ意味がないだろ？」

あくまで田丸慧一の個人的な報復だと内外に知らしめるには、本人の存在が欠かせない。

結城《ゆうき》組に火の粉が飛んでくるような事態を避けるには、田丸が国内にいることが必要不可欠だった。

たいして役に立たなくても、それで十分だ。

自らの手を汚せば、あとあと面倒になる。久遠を五代目に推《お》したい者は、公言しないだけで三代目や顧問以外にもいくらでもいるだろう。

「――じゃあ、さっさとすませましょう」

口早に発した一言に田丸の焦りが表れていた。

さっさとすませたいのは自分も同じなので、ああ、と笑顔で同意する。実際、近しい者の裏切りを知ったときに久遠がどういう反応をするか、それを考えると胸が高鳴った。

「とりあえずそれまで、うちでくつろいでくれ」

その一言で部屋を出ようとした三島の耳に、

「よほど久遠が怖いんですね」

ぼそりと漏らされた声が届く。

聞こえないふりでドアを閉めたあと、だからどうしたと心中で言い返した。

先に牙を剝いてきたのは久遠だ。一時期にせよ、久遠とともに不動清和会《ふどうせいわかい》をいま以上に強大化させ、今後白朗のような輩《やから》が外から横やりを入れてきたときも、びくともしない組織を作り上げようと、意欲を抱いたこともあった。

もっとも最初から無理があったのは否めない。

船頭がふたりいる船は早晩山に上ってしまうと、いつの時代も相場は決まっている。勝者はひとりでないと統制がとれないのだ。

久遠のどこがいいのか、三代目にしても顧問にしても早くから会長に推挙するつもりでいたようだ。

四代目争いの際、万が一入れ札が行われていた場合、果たしてどういう結果になっていたか。

「……いや、まだあいつに会長の座ははえーよ」

あの男の嫌いなところなら優に十は挙げられるが、一番はやけに周囲が持ち上げることだ。

なにを考えているのかさっぱりわからない、すかした顔を歪《ゆが》ませてやりたい。久遠も普通の男だったかとみなが失望する顔が見たい。

その瞬間はどれほど心地いいだろう。

ぶるりと震えた三島は、いまのうちにせいぜいいい思いをしてろと、脳内の久遠に宣戦布告をしたのだった。

# 3

閉店後、津守《つもり》と村方《むらかた》と別れたちょうどそのタイミングでポケットの中で震え始めた携帯を、和孝《かずたか》は急いで取り出した。

かけてきたのは久遠《くどう》だ。

事故以降、連絡が頻繁になったのはよかったのかそうではないのか、状況的にはわからない。が、自分の気持ちとしてはやはり嬉《うれ》しくて、毎日、今日は連絡があるだろうかと、どうしてもそわそわしてしまう。

ようするに、なんのかの言ったところで単純なのだ。

「お疲れ様」

いったん店の中へ戻ってから、はやる気持ちを抑えて電話に出る。まだあたたかさの残る店内にほっとひと息ついた和孝の耳に、少し乾いた低い声が聞こえてきた。

『まだ店か?』

「いまから帰るところ。そっちは?　家?」

そう問い返す傍ら、久遠の自宅を思い浮かべる。ひとり暮らしには広すぎる贅沢《ぜいたく》な部屋は、安心を買うという点ではベストだろうと。

『ああ』

いまの久遠には単なる部屋でも、和孝にとってはちがう。愛着も芽生えた。

何度もぶつかり、そのたびに折り合いをつけて通い続けた場所だ。短い期間だったが、一緒に暮らしもしたし、思い出がたくさん詰まっている。

「来るか？」

記憶はなくても、誘い方は同じなんだと妙な心地になりながら承知する。「来るか」の一言でBM《ビーエム》から車を走らせたのは、いまとなってはいい思い出だ。

「あ、でも俺、明日は朝から警察行かなきゃいけないから」

休みでも夜更かしする気はないと、一応断りを入れる。

『――そうだったな』

久遠が返答するまで間があったので、なに？　と問うと、案の定の返答があった。

『いや。俺が睡眠を妨げるようなことをするのが前提なのかと思っただけだ』

「…………」

よく言う、と和孝は口許《くちもと》を歪《ゆが》める。

「まるでしないみたいな言い方」

和孝にしても、別にそれが目的で久遠宅に行っているわけではない。顔を見て、一杯やりながら話をすることがなにより重要だ。

が、友人ではないのだから、話だけではすまない。衝動とか熱情とか、そういうものがこみ上げてくるのは自分には自然なことだった。

「しないんならしないでいいけど」

久遠さんはちがうのかよ、という意味で問う。

『するな』

即答だったことに満足して、いまから向かうの一言で電話を切る。ジャケットの前を首まで留めつつ外へ足を向けたのと、店のドアが開いたのはほぼ同時だった。

店に飛び込んできた、予想だにしていなかった男を前にして和孝は息を呑《の》む。

「……榊《さかき》、さん」

反射的に後退《あとずさ》り、距離をとった。

直後だ。いきなり入ってきた男たちがあっという間に榊を取り押さえる。榊に抗《あらが》う隙《すき》すら与えなかった。

男たちは、ふたりとも知らない顔だ。

警護が厚くなったのは久遠の事故以降で、和孝自身が抗争に巻き込まれないためのものだろうが、やくざでなくても榊が危険人物である事実に変わりはない。

「……待って！　僕は怪しい者じゃない。弁護士だ」

床に這《は》いつくばった格好で懸命に男たちへ訴える榊に、俺を監禁したくせになにが怪しい者じゃないだ、と呆《あき》れる。得体が知れないという点では、榊こそがもっとも怪しいと言ってもよかった。

「話をしに来ただけなんだ。話をしたら、すぐ帰るから。あと、書類！　書類を持ってきた」

転がっている鞄《かばん》を榊が視線で示す。床に落ちた弾みで封筒が半分ほど外へ出ていた。郵送してほしいと言ってあったにもかかわらず、持参したようだ。

鞄に歩み寄った和孝は、封筒を拾い上げる。中を覗《のぞ》いてみると、榊の言ったように登記簿関係の書類が入っていた。

「確かに受け取りました。あとはこちらですませますので、お帰りください」

もう会うことはないと告げる。

しかし、いっこうに懲りず、無理な体勢のまま榊は勝手に話し始めてしまう。

「僕はただ、きみが心配なんだ。おそらくこの後、不動清和会《ふどうせいわかい》は混乱する。内部抗争になる可能性も大きい。そうなると、きみの人質としての価値は計り知れない。攫《さら》われて交渉材料に使われるだけならまだしも、もしひどい目に遭うようなことになったら……想像しただけで僕はどうにかなりそうだ」

言葉どおり、悲痛な面持ちになる。心底心配していると思わせる表情だが、少しも心は動かなかった。

一方的に押しつけられる気持ちは迷惑でしかない。榊の場合は実際行動に移したのだから暴力にも等しい。

「きみは早急にどこかへ避難すべきだ。もちろん僕の別荘を使ってくれてもいい。とにかく、いますぐあの男から離れてほしい」

「あなたに心配も指図もされたくありません」

相手にする気はなかったのに、あまりにも身勝手な言い分には我慢できず突っぱねる。なんの権利があって口出しをするのか。榊が言葉を重ねれば重ねるほど、不快さは増していった。

「僕はきみを守りたいんだ。この前の件で怒っているのはわかってる。焦ってしまった僕のミスだ。許してほしいなんて言わない。でも、これだけ……僕のこの頼みだけ聞いてくれないか」

うんざりだ。どうして頼みを聞き入れると思うのか、榊の思考がまるで理解できない。常軌を逸している。

いや、いまに始まったことではない。十年前に会ったとか、恩人とか——そういえば、後ろめたさが少しでもあるならつき合うなと、頼んでもいない助言をされた。後悔は気づかないうちに降り積もっていくと。

大きなお世話だ。

後ろめたさがあろうとなかろうと榊には関係ないし、たとえそれで後悔するはめになったとしてもすべて自分が選んだことで、他人にとやかく言われたくなかった。

「もう帰ってください。まだ俺につきまとうようなら、次は警察に被害届を出しますよ」

男たちに連れ出すようお願いし、榊を視界に入れないよう背中を向ける。

二度と反応するもんかと思った矢先、驚くべきことを榊は口にした。

「悪いのは、無責任なあの男だ。僕が事務所に話し合いに行ったとき、彼がなんて言ったと思う？」

「……え」

思わず振り返ってしまったのは致し方ない。

まさか木島《きじま》組へ乗り込んだとでも言うのか。

「どうして……」

「どうしてかって、そんなの決まってる。彼に、きみが大事なら解放してあげるべきだと直談判《じかだんぱん》に行ったんだ」

自分にはそうする義務があるとでも言わんばかりに断言した榊に、唖然《あぜん》とする。こうなると、理解できないというよりもはや別の次元の人間を相手にしているような気すらしてくる。

榊が堂々としているからなおさらだ。

「離れるかどうかはきみが決めることだと嘯《うそぶ》いて、聞き入れてはもらえなかった。年長者としてあまりに無責任な言葉じゃないか」

その場面が容易に思い浮かぶ。

一方的に捲《まく》し立《た》てる榊を、久遠はおそらく相手にしなかったのだろう。

「……なにやってるんですか」

不満げにため息をこぼす様を前にして、知らず識《し》らず肩の力が抜ける。警戒心を通り越して、脱力してしまったようだ。

こんなひとにはこれまで会ったことがない。

先日の薬を使った監禁については許せないし、許す気もないものの、こうなると「きみのため」だというあの言葉は榊にとっての真実だと思えてくる。

そこまで思われる理由に皆目見当はつかないものの、榊自身は至って真剣そのものだ。

「僕は、きみを守りたいんだ」

そんな言葉を真顔で口にする榊に、これ以上話をする気力も失われて吐息をこぼし、背後の男たちへと視線を向ける。男たちは無言で頷《うなず》くと、引《ひ》き摺《ず》るようにして榊を店の外へと連れ出してくれた。

ひとりになった和孝は、髪をくしゃくしゃと掻《か》き上げる。

榊についてはこの際どうでもいい。だが、内部抗争という一言は耳に残った。

確かに起こり得る事態だ。久遠が五代目の座につくことは木島組の野望であり総意だろうし、自分にしても「てっぺんをとって」とけしかけた。

一方で、三島《みしま》はおとなしく退くような男ではない。

となると、内部抗争は必定《ひつじょう》と言える。今度の斉藤《さいとう》組の件にしても、木島組はそのあたりを念頭に置いて動いていたにちがいないのだ。

「……怖いなんて言ってられない」

こうなったらとことん久遠の人生に巻き込まれてやると、その気持ちを強くし、和孝は榊が置いていった封筒をしまいにいったんスタッフルームに向かう。ロッカーに封筒を入れるとすぐに店を出て、スクーターに跨《また》がった。

久遠の自宅までスクーターで二十分程度だ。

榊のせいで十分ほどロスをしたが、おそらく警護役の部下からそのうち久遠へ連絡が行くだろう。

冷たい十二月の夜風を受け、頬《ほお》がきゅっと強張《こわば》る。グローブをつけた手でスロットルを握り、時折月の位置を確認しつつ先を急いだ。

和孝にとってはすでに通い慣れた道だが、引っ越しをすればまたそこから久遠宅へ別の道を使って通う生活がやってくる。

実際のところ、道程や距離はそれほど気にしていなかった。もちろん近いほうが翌朝助かるが、大事なのはこういう生活を続けていくことのほうだった。

——来るか？

久遠から連絡があって、自分が応じる。

数え切れないほど同じやりとりをしてきたけれど、環境や状況に多少変化が起きたとしても、この先もずっとそうありたいと願っている。

前方にマンションが見えてくる。スピードを落とすと、そのまま地下駐車場へとスクーターをもぐらせた。

スクーターを定位置に駐《と》め、エレベーターで最上階へ向かう。一応玄関のインターホンを押してから、合い鍵《かぎ》を使って中へと入った。

リビングダイニングに足を踏み入れた和孝は、部屋着姿の久遠に迎えられる。ソファに夕刊があるところをみると、今日はめずらしく帰宅が早かったようだ。

「早めに電話してくれてもよかったのに」

急な呼び出しはBMにいた頃から慣れているといっても、当時といまでは状況も立場も変わったので会えるならそう言ってほしい、というのが本音だ。

久遠の記憶が曖昧《あいまい》ないまだからというのもあるが、もしそうでなかったとしても会えるときには会っていたいと、その気持ちはいつのときでも同じなのだ。

「俺がそっちに行ってもいいが」

和孝の心情に気づいているのかいないのか、意図とはずれた答えが返ってくる。和孝は一も二もなく厭《いや》だと返した。

マンションの前であわや銃撃戦になりかけたのは、つい先日のことだ。幸いにも通報されるまでには至らなかったとはいえ、これ以上少しの騒ぎもごめんだ。

「そっちから連絡するか？」

「え、俺？」

久遠に言われて初めて、その手もあったかと気づく。久遠からの連絡を待って会いに行くというパターンが出来上がっていたせいで、その逆は少しも考えなかった。

「いや、でもさ。俺はだいたい同じ時間に仕事が終わるけど、久遠さんのほうはそうじゃないだろ？」

「俺はどちらでも構わない」

「…………」

負担になりたくない一心で、極力こちらからの電話は控えてきた。あとは、久遠が出なかったときにいちいち心配したくないというのもあった。だが、こうなってみると、あまり意味がないように感じられる。

どうせ自分は久遠を心配するのをやめられないし、性分は変えられない。少なくとも、現時点では電話をするしないにこだわるより他に優先すべきことがある。

一番は、久遠が記憶を取り戻すことだ。

戻らないなら戻らないでもいいと言ったのは本心からでも、戻るための協力はなんでもしたいと思っている。久遠にしてもこれほど頻繁に連絡をしてくるのは、多少なりともその意図があるからだろう。

脱いだジャケットをソファにかけた和孝は、

「じゃあ、俺からも電話する。でも、久遠さんに電話するなって言ってるわけじゃないから」

それだけ返してキッチンへ足を向ける。夜食作りにとりかかる一方で、先刻の出来事を口にのぼらせた。

「じつは、さっき榊さんが店に来た」

厭な話はさっさとすませたいと、それだけだったが、驚いたことにすでに久遠は連絡を受けていた。

「らしいな」

「え、もう?」

「被害届を真剣に考えてみてはどうかと言っていたぞ」

「あー、まあ、被害届かあ」

榊にはああ言ったものの、警察に行くのはできれば避けたい。変に勘ぐられるのもごめんだし、立場的には相反すると言ってもいい相手に頼るのは躊躇《ためら》われる。なにしろこっちは、任意とはいえ聴取に呼ばれた身だ。

「あのひと、ほんとよくわからない。何者って感じ」

「ああいう手合いは相手にしないのが一番だ」

もちろん相手にする気はなかった。書類を受け取った以上、今後今日のように突然押しかけられたとしても無視するつもりでいる。

「だね」

まずは、いまだ。一言返し、榊の顔を早々に頭から追い出す。せっかくの時間なのに、変な男に気をとられて不快になるなどこれほどの無駄はない。

「あ、俺、近々引っ越しする予定だから。突然来たら、段ボール箱だらけの中で過ごすはめになるよ」

出来上がったものからテーブルに運んでいく。

今夜の晩酌のメニューは大根と林檎《りんご》のサラダ。オイルサーディンと玉葱《たまねぎ》のトマト煮。もう一品は冷凍庫にあったささみを茹《ゆ》で、マヨネーズとポン酢と長葱のソースを添えた。どれもボリュームのわりには簡単で、胃に優しく、翌日に回すこともできる品だ。

「部屋は決まったのか？」

久遠がグラスとビールを用意し、テーブルに置く。自宅では飲酒しないと決めているので、たまに宮原《みやはら》が店に来てくれたときを除けば、久遠とふたりで過ごす時間はアルコールを愉《たの》しむ数少ない機会だった。

「いまから。なかなか条件に合うところが見つからなくて」

いや、最近に限っていえば数少ないとは言えないかもしれない。

気心の知れた人たちと飲む酒もいいけれど、やはり久遠とは特別だ。愉しいだけではなく、心が躍る。

つまりときめくのだ。

「品川《しながわ》の部屋を使うか？」

向かい合ってテーブルについたところで、久遠がそう言った。いくつか部屋を利用していることは知っているのでいまさら品川にあっても驚きはないが、それを引っ越し先に提案してきたことはやはり意外だった。

「え、でも」

「もともと品川は事務所から遠くてあまり使ってなかった」

身辺が騒がしくなると、久遠は日々ちがう部屋に帰る。広尾《ひろお》の自宅以外に事務所の近く、四谷《よつや》、そして品川。他にもあるのかもしれない。

まるで陣取りゲームだなと思うが、実際似たようなものだろう。ボスを倒されたら負け。兵隊たちはなにがなんでもボスを守り抜かなければならない。

「あんまり立派な部屋はいらないんだけど」

「1LDKだ」

「そうなんだ」

確かに利点だらけだと言える。もう物件探しをする必要はなくなるし、面倒な手続きも不要になる。しかも十分スクーターで店に通える距離だし、電車でも乗り換えなしで数分だ。

久遠が使っている部屋ならセキュリティの面でも安心できる。

いいこと尽くしで即答したくなった和孝だが、ここはいったん呑み込む。利点があることと飛びついていいかどうかは、別の話だった。

「ちょっと考えさせて」

うまい話には必ず裏があるものだ。この場合は、久遠の部屋という一点に尽きる。

いまさら一般人面《づら》する気はないし、巻き込まれる覚悟はあると断言したからにはそのつもりでいるものの、なにもかもお膳立《ぜんだ》てしてもらうのはやはり問題だろう。

ようはPaper Moon《ペーパームーン》に加えて月の雫《しずく》でも世話になるのにこれ以上——と躊躇《ちゅうちょ》するのだ。身体《からだ》で、と言っていたあの約束はもうこうなると意味がない。片方が忘れた時点でいったん保留だ。

「それはそうと、そっちはどう？　久遠さん、記憶がないこと組員さんたちに気づかれてない？」

久遠と上総《かずさ》ならばそのあたりは抜かりなくやっているのだろうと思う一方で、沢木《さわき》に対してはどうしても同情を覚える。

立場こそちがっても、心情的には自分がもっとも近いはずだ。

事故後の久遠の状況に驚き、ショックを受け、少しでも思い出してほしいと事あるごとに期待する。

組のためとか誰かのためとかではなく、自分のために。

「ないな」

予想どおりの返答に、そりゃそうかと納得した。普通は、記憶をなくすなんてこれっぽっちも考えない。そういうのは映画かドラマのなかの出来事だ。

「三島さんは？　あのひと、些細《ささい》なことに引っかかりそう」

「でもない」

久遠の口角が上がる。面白がっていると勘違いしそうな笑い方だ。

「いまあのひとの頭の中は、俺をどうやって蹴落《けお》とすかでいっぱいだ」

「なにそれ」

実際は、面白がるようなのんきな話ではないだろう。

「なんだか、久遠さんがそう仕向けているみたいにも聞こえるんだけど」

怖い、と続けた和孝に、

「ついでだ」

とさらに怖い台詞《せりふ》が返ってくる。ついでに煽《あお》ったなんて三島が聞いたらどんな報復が待っているか、考えただけでも震えがくる。

途端に口に入れたささみが苦く感じられて、やはり食卓ではやめておくべきだったと悔やむ。それでも、中途半端に切り上げるのも難しいため、ビールでささみを流し込んだ和孝はグラスを置くと、話を続けた。

「事務所に鉄砲玉とか送られたらどうするんだよ」

以前のことを持ち出し、顔をしかめる。厭な過去はいくつもあるが、久遠が撃たれたと知った瞬間の恐怖心は到底忘れることができなかった。

「それはないから安心しろ」

なぜそう言い切れるのか。和孝自身は三島をよく知っているとは言えないものの、あの男の横暴さは一瞬顔を合わせただけで十分伝わってきた。

「会長だから？　それとも、そういう協定でも結んでるんだ？」

不信感から棘《とげ》のある言い方になってしまった。自分が首を突っ込む問題ではないと承知していても、不安に負けてつい口出ししてしまう。

「どちらもちがう。やりたくてもできないという意味だ」

そう前置きをした久遠は、簡潔な説明をする。

ようするに、現在は不動清和会のみならず警察や他の組織までが今後の行方に注目しているため、三島に限らず下手《へた》に動けないというのだ。

均衡状態を崩すにはそれ相応の大義名分が必要になるうえ、人死にでも出れば実行犯はもとより組長まで捕まるはめになる。

末端の組に命じても同じ。混乱に乗じて、この際とばかりに警察が逮捕状を持参して乗り込んでくるだろう、と。

「確かに警察は手ぐすね引いて待ってそうだよな」

明日の聴取を考えると気が重くなる。

先方がなにを聞き出したいのかおおよその見当はついても、どうせ自分が話せることなど限られている。

「だから俺もいまなら安全、ってわけだ」

久遠の連絡が増えたのはそれなりの理由があったのか、とやっと気づく。木島組に、その他の不動清和会の組、警察の目まで集まっている状況で一般人相手になにかしようなんて輩《やから》はいないという判断らしい。

それだけ緊張感が高まっている状況でもあるので、本来のんきに喜べることではなかったが、悪い面ばかりに目を向けてもしようがない。

「そういうことだ」

久遠が満足げに唇を左右に引く。

それならそうと早く説明して、などと言ったところで無駄だ。久遠が教えてくれるのは最低限のこと。いまの話ですら、以前の久遠なら口を噤《つぐ》んでいたような気すらする。

「とにかくもうあんな思いはたくさんだから」

どうせ久遠は忘れているので、「あんな」について具体的な明言は避けた。それでも、やわらかな視線を向けられて、どきりと鼓動が跳ねた。これくらいでと呆れる一方、どうしようもないとあきらめてもいる。

口数の少ない久遠の考えを知りたいがために、些細な表情の変化を見逃したくなくてじっと見つめる癖がついた。その癖は何年たっても抜けず、おかげで和孝はささやかな久遠の変化に敏感になってしまった。

三年以上たっても、いや、たったからこそか。

組での久遠がどうなのか知らない半面、ふたりで一緒にいるときならほんの少しの変化でそれなりに伝わるものだ。

いいときも悪いときも。

ふと、以前ネットで見つけた記事が脳裏をよぎった。不動会と清和会が合併した際も数々の揉《も》め事《ごと》があったという。現に初代と二代目は短命に終わっていて、当然のように数人の死者が出て、流れ弾に当たった一般人もひとり命を落としているとあった。

いま記事を思い出しても、ぞっとする。

またあんな事態に陥ったらと、どうしても怖くなるのだ。

はっきりしているのは、三島は一筋縄ではいかないということ。もし木島組を潰《つぶ》そうとしてきたら――その想像は和孝の手足を冷たくさせ、目線を下に落とした。

「なんだ？」

「……なんでもない」

一度ははぐらかそうとした和孝だが、できるだけ軽い調子で続ける。

「なんかさ。時代錯誤だなって思ってさ。令和だよ？」

やくざの抗争なんていまの時代にはそぐわない。昭和に取り残された負の遺産みたいなイメージがある。

「そうだな」

多分に同意する部分があるのだろう、久遠がふっと目を細めた。

「時代錯誤はそのとおりだし、悲しませるようなことはしないと誓う」

さらりと大きな手が髪を撫《な》でていった。

「…………」

ほんとかよ、と疑いの目を向ける一方で、やわらかな表情を前にして現金にも不安が二の次になる。

「絶対？　そんなこと言って、忘れるんじゃねえの？」

うっかりそんな台詞を口走ったのはそのせいだ。

もう責めないと決めていたはずなのに——ごめんと小さく謝ると、返ってきたのは意外な一言だった。

「ああ、忘れない」

「…………」

久遠がずるいのは、こういうところだろう。記憶があろうとなかろうと、たった一言、まなざしひとつでこちらの機嫌をあっという間に直してしまう。

これだから、いつまでたってもちょろいと思われるのだ。

咳払《せきばら》いをして、最後にひとつだけ、とつけ加える。

「二度と怪我《けが》はしないで」

事故の件でも精神的にきついのに、これ以上は勘弁してほしい。自分の正直な気持ちだった。

「身体の傷がいつついたものなのか、どうせ忘れてるだろ？　俺がひとつひとつ説明する？」

「長くなるか？」

「そりゃあなるだろ。一晩かかるかもね」

久遠の身体には三つの傷痕がある。うちひとつは再会する前の、三代目を庇《かば》って撃たれた際の傷なので当時どれほどの深手だったのかは想像するしかないが、残りふたつは実際に自分の目で確認した。

どちらのときも血の気が引いていき、とても平静ではいられなかった。

「寝室で聞くか」

久遠が目を寝室のあるほうへ向ける。

「ここの片づけをしたら風呂《ふろ》に入ってくる」

「五分で終わるのなら」

「……終わるわけないじゃん」

無理とわかりきった要求をしてきた久遠にまっすぐ見つめられ、口ごもる。いままでなんともなかったはずなのに、途端にうなじが熱を持ち、早くも背中がうっすら汗ばんできた。

「後回しにするというのは？」

久遠の提案を拒否する理由はない。簡単すぎるとわかっていても、その気にさせられるのだから。

「じゃあ……五分待って。シャワーブース使う」

先に席を立ち、リビングダイニングから寝室へ移動する。着ているものを一気に脱ぎ捨てるとシャワーブースに飛び込み、急いで頭から湯を浴びた。五分と言った手前、というより気が急《せ》いているからかもしれないと思いながら髪を洗っていると、いきなり背中を撫でられておかしな声が出た。

「びっくりした」

背後を振り返る。

「俺が洗ってやろうか?」

狭いシャワーブースの扉を開けた久遠に躊躇してみせたのは、当然厭だからではなかった。

「五分じゃすまなくなるんじゃない?」

「だろうな」

「じゃあ、俺が久遠さんを洗うっていうのは?」

オプション、とつけ加える。

「頑張ってもらうか」

久遠はそう言って裸になると、自ら距離を縮めてきた。両手をガラス壁につき、顔を近づけ、そのまま口づけてくる。

すぐに夢中になった和孝は、舌を絡めながら息を乱した。触れ合ったところから湧《わ》き上

がる快感は馴染《なじ》んだものであるにもかかわらず毎回初めてのような感覚もあり、のぼせたみたいにぼうっとしてくる。

微《かす》かにマルボロの味のするキスは、なぜかいつも甘く感じられ、和孝を陶然とさせるのだ。

「久……さ……」

先に進みたい一心で、久遠の背中を両手でまさぐる。「頑張ってもらう」を実行する気はあったのに、唇が離れ、名残惜《なごりお》しく思う間にもそれはうなじへと滑っていった。

「駄目、だって」

このまま流されては頑張る隙もない。

「どうして？」

「だから……俺が洗うって約束」

「そうだな。だったら、洗ってくれ」

久遠が両手を壁から離した。仕切り直しとばかりにあらためて向かい合うと、妙な気恥ずかしさを覚えつつ、まずシャンプーを手にする。

「頭下げて」

そう言うと久遠の髪に両手を差し入れ、ゆっくりと泡立てていった。

頭皮をマッサージし、髪を梳《す》く。なんだか新鮮だ、と思うのは久遠が無防備に見えるからだろう。

「お客様。くれぐれも頭髪にお気をつけください。いまは大丈夫でも、十年後はわかりませんからね」

軽い気持ちでの戯《ざ》れ言《ごと》に、ふっと久遠が喉《のど》で笑った。

「なに」

「髪質的に、おまえは危なそうだな」

「は？　危ないってなに。ふっさふさだから！　遺伝的には俺、白髪《しらが》のほうだから」

否定する一方で、自身の髪へそっと手をやる。知らず識らず深刻な表情でもしていたのか、顔を上げた久遠が眉《まゆ》をくいと上げた。

「誰しも平等に歳《とし》をとる。俺も、おまえも」

潔くあきらめろとでも言っているのか。

「まあ、確かに歳はとるだろうけど」

十年後の久遠を想像してみる。十年前を知っている自分には、案外容易《たやす》かった。四十五歳の久遠はきっといまよりずっと貫禄《かんろく》がつき、髪には少し白いものが交じるかもしれない。だが、やはり変わらず久遠は久遠なのだ。

「共白髪も悪くないかもね」

そうなるのが理想だ。十年後どころか、一年後の状況がどうなっているのかさえわからないけれど、ともにいられればそう重要なことではないだろう。

「ところで、痒《かゆ》いところはありませんか?」

頬を緩めた和孝は、久遠の髪をくしゃくしゃと掻き混ぜる。

「――って、なにやってるんだよ」

背中に回った手に腰を撫でられ、ひゃっと声が出た。それだけではなく、時折唇も頬やうなじに触れてくるので、シャンプーどころではない。

「洗いにくいから」

「暇なんだ」

「暇ってなに」

本格的に肌をまさぐってき始めた久遠の手に身を捩《よじ》った和孝にしても、抵抗してみせるのはポーズにすぎなかった。最初のキスでその気になっていたし、久遠に触られればあっという間に骨抜きになる。

「交代するか」

そう言ったかと思うと、久遠の手の動きは大胆になる。ボディソープで洗うという名目で身体じゅうに手のひらを這わされ、じっとしているのが難しくなった。

「久遠さ……」

脚を久遠の腰に絡めて、先を促す。ぬるぬると肌の上を辿《たど》っていた手は一度うなじを撫で上げてから、指で背骨を確かめるようにゆっくり下へと滑っていった。

「あ……」

指が狭間《はざま》に触れてくる。そのまま入り口を撫でられて、ぶるりと和孝は震えた。だが、いつまでたってもそれ以上進むことはない。

緩慢な刺激に焦《じ》れたのは、自分のほうだった。

「も、無理」

どうにかしてほしいと訴える。直後、シャワーの湯で泡をざっと流した久遠は、手にとったバスタオルごと和孝の身体を抱え上げると、ベッドへ移動した。

ベッドの上に横たわった和孝は、全身の力を抜く。そして、久遠へ両手を伸ばし、ぎゅっと抱きついた。

普段は自分より体温の低い久遠が、少しずつ熱を持っていく、その過程がたまらなくいい。久遠の昂揚《こうよう》がダイレクトに伝わってくるし、自分にとってはなによりのスパイスになる。

「もう、今日は頑張れそうにない」

上擦った声でそう告げる。だから久遠さんの好きにしてという、希望でもあった。

「それなら、そのまま転がってろ」

望みどおりの返答を聞いて、身を任せる。湿ったままの肌に手のひらで触れられると同時に首筋、胸元にも口づけられて、脳天までくらくらと痺《しび》れた。

「あ」

胸の尖《とが》りを甘嚙《あまが》みされて、腰が跳ねる。口に含まれた瞬間、たまらず久遠の頭を両手でかき抱いた。

胸を喘《あえ》がせながら、自然に下半身が揺らめく。いつしか久遠に中心を押しつけていて、濡《ぬ》れた声も止められなくなった。

中途半端に触れられたそこが疼《うず》いてたまらない。

和孝は久遠の手をとると、自ら中心へと導く。

「触って」

今度は焦らされることはなく、大きな手のひらに包まれた。そのまま擦《こす》り立てられて、すでに自分が濡れていたことに気づく。

「あ、あ……」

そうなると今度は奥が切なくなるのはどうしようもない。

快感に身を任せているだけだったが、じっとしていられたのはほんの短い間だった。欲求に任せ、久遠のものへと手を伸ばす。すでに頭をもたげているそこを和孝は両手で包み込んで愛撫《あいぶ》した。

「もう頑張れないんじゃなかったのか？」

吐息混じりの問いかけに、小さく首を振る。

「頑張ってない」

したいからしているだけだ。

自分の手の中で質量を増す久遠のものが愛《いと》おしく、胸が熱くなる。

「どうする？」

これには迷わず、先をねだった。自ら脚を広げて誘うと、久遠は常備してある潤滑剤を手のひらにあけ、一度両手であたためてからそこに触れてきた。

「ふ……」

やり方は互いに熟知している。繋《つな》がるための準備をする久遠がやりやすいよう協力するのは、和孝自身が早くそうしたいからにほかならない。

「も……いい？」

じきに耐えられなくなり、音を上げる。道を作るにしては執拗《しつよう》に内側を探られ、これ以上我慢ができそうになかったのだ。

現に和孝のものはさっきから蜜《みつ》をあふれさせ、いまにも弾《はじ》けそうに震えている。おそらく軽く手で触れられただけで一溜《ひとた》まりもないだろう。

「確かに」

身体を倒し、耳元に唇を寄せた久遠が、普段よりいっそう掠《かす》れた声で囁《ささや》いた。

「俺の指がふやけそうだ」

「あぁ」

さらに奥深くを指で探られ、和孝は背をしならせる。自分ではなんとか堪えたつもりでも、腹の上は直視できないような有り様だ。

「は……やく」

「早く?」

「……っ」

そうだった。昔の久遠はずっと悪趣味だった。翻弄《ほんろう》されるしかなかった自分に対して容赦なく責め、泣かせて、最後はねだるように仕向けるような男だ。

でも、自分はもうあの頃の青臭い少年とはちがう。

「早く、挿《い》れろって言ってるんだよ」

嚙《か》みつく勢いで口づけ、股《また》を大きく広げて久遠をそそのかす。ついでに脚を絡めると、久遠の喉が小さく鳴るのがわかった。

待たされることなく和孝の片脚を持ち上げた久遠が、背後から挿《はい》ってくる。入り口を押し割られる瞬間の苦痛すらも快楽になり、体内に押し入ってくる熱にいっそうシーツを濡らした。

「すごいな」

性器に指を這わせてきた久遠の揶揄《やゆ》さえ快感になる。

「……もっと、奥までほし……」

直截《ちょくせつ》な望みはすぐに叶《かな》った。

「あぁ」

深い場所まで満たされ、さらに腰をぐいと引き寄せられてその衝撃で一度目のクライマックスを迎える。いや、一度目ではないかもしれないが、強烈な愉悦に支配され、身体じゅうが蕩《とろ》けた。

「満足か？」

甘さを含んだ問いに、

「いい……」

と答える。

後ろから隙間がないほどきつく抱き留められ、文句などあるはずがない。思考や理性を手放し、身も心も久遠に溺《おぼ》れて他のことなどどうでもよくなる。

気持ちさえ寄り添っていればと思うときもあるが、やはり自分たちには身体を繋げることが大事なのだ。

「そうだな。俺もすごくいい」

少しでも長引かせたかったが、到底無理だった。うなじや肩口に口づけられながら揺さぶられて、快感にすすり泣き、何度も達した。

「あぁっ」

これまで以上に深い場所へと挿ってきた久遠の終わりを受け止めながら、一瞬、意識が飛ぶほど強烈な絶頂に支配され、身体じゅうが悦《よろこ》びに震えた。

「和孝」

何度も名前を呼ばれてきたというのに、自分が特別な存在だと教えられているようだ。この瞬間はいつもそんなふうに感じる。

行為自体が終わっても身体を離す気になれず、シャワーも浴びずにぐずぐずとベッドに留《とど》まるのはそのせいだった。

「猫でも抱いているような気分だ」

肩口で久遠がそう言った。

「機嫌がいいときだけ寄ってきて、体温が高い」

野良猫とか懐かない猫とかの話かと思えば、どうもそうではないらしい。

「久遠さん、猫飼ったことあるんだ?」

頭を起こし、上から久遠に問う。

「昔な」

ふと、懐かしげに久遠の目が細められた。

「昔？」

「俺は子どもで、まだ親が健在だった頃の話だ」

　子どもの久遠を思い浮かべることはできない。でも、仲のいい家族だったのだろうと、久遠の口調から伝わってきた。

「そっか」

　ふたたびもとの場所に戻った和孝は、久遠に肌をぴたりとくっつける。いまは俺が久遠さんの猫になるからと伝えたくて、にゃあ、とひとつ鳴き、ぬくもりを味わいながら目を閉じた。


　久遠を起こさないようそっとベッドを抜け出すつもりでいた和孝だったが、完全に立ち上がるより早く、腰に回った腕に阻止される。

　引き寄せられるまま身を屈《かが》め、「おはよう」代わりに唇を軽く触れさせたところ、うなじに手を添えられたせいで朝っぱらからするにはいささか濃厚すぎる、前夜に勝るとも劣らない口づけになってしまった。

「……俺、ゆっくりしてられないって言ったよな」

ベッドに留まっていたい気持ちはあるものの、今日は面倒な用事がある。それでなくても警察にいい印象を持たれていないとわかっているので、なにがなんでも遅刻は避けたかった。

「十時だったか？」

「そう……」

いつの間にか久遠の上に乗る格好になっていた。キスに夢中になってしまうのは、この場合どうしようもないことだ。

「九時半に家を出るなら、あと一時間あるな」

「ない。ちゃんと武装して行きたいから、あっても三十分」

などと口で言ったところで自分から身体を離すのは難しい。昨夜あれほどしたというのにいとも容易く煽られる自分に、和孝自身が驚くほどなのだ。

「三十分か。微妙だな」

「そう……こんなこと、してる場合じゃない」

「ああ」

そんな会話を交わす間にも、口づけに熱がこもる。なにもせずにベッドを離れるという選択肢はすでに頭になく、三十分で満足する方法を考えていたのだが。

「あ……」

長い指で狭間を辿られ、身体が震える。

「昨日のジェルがまだ残ってる」

そそのかすような甘い言葉とともに入り口を割ってきた指に小さく声を漏らした和孝は、思わず久遠の腹に自身を擦りつけていた。

「なら……も、大丈夫かも」

指じゃ足りないと暗に誘う。だが、なおも久遠は指を使って入り口を緩めることを優先する。

「昨夜あんなに広げたのに、もうきつい」

「じゃ、早く広げて」

三十分なら互いを手で慰め合って——という考えもついさっきまではあったはずなのに、もうそれではすませられなくなった。

昨夜の行為などなかったみたいに体内の深い場所が疼いて、早くどうにかしてほしくて、身体をくねらせて久遠にねだる。

「そんなふうにされると、無理強いしたくなるだろう」

奥までと耳元で囁かれ、これ以上は我慢できなくなった。時間がないからではなく、欲求のせいで気が急き、和孝は自らそこを久遠のものへ押しつけた。

「うう……ふっ」

腰を揺らめかせて刺激する。入り口を久遠のもので擦られ、期待で息が上がった。

「あ……ぁ、い……」

「――和孝」

直後、視界が反転して仰向けに転がされていた。かと思うと大きく脚を広げた姿勢をとらされたが、すでに恥じ入る余裕もない。

久遠が自身にコンドームをつける様を目にした和孝はなおさら欲望が募り、自ら膝《ひざ》を抱えることで先を促した。

「あ――」

強引にと言ったように、久遠は性急に入り口を抉《えぐ》り、揺すり上げるようにして奥まで挿ってくる。

焦れていた内壁が悦び、吸いつくのを自覚して、両脚を久遠の胴に絡めた。

「……あぁ」

奥深くまで満たされて、恍惚《こうこつ》となった和孝は自身の腹へ手のひらを当てる。

「まだだ」

その言葉どおり、ぐっと腰を進めてきた久遠に濡れた声がこぼれ出た。

「いい……」

どれほど潤滑剤を使おうと、無理な行為にはちがいないため苦しさはある。だが、それを上回る充足感が身体じゅうを満たすのだ。

「……もっと」

久遠との行為が好きなのは、快楽以上にそういう理由からだった。

こうなると三十分で終わらせるのは無理な話で、結局、予定していた三十分から二十分近くオーバーしてしまったせいで、五分でなんとか正気を取り戻し、ちゃんと武装どころか残り二十分あまりで慌ただしくシャワーと朝食をすませて出かけるはめになった。

スクーターを走らせ、目黒《めぐろ》警察署に到着したのは十時三分前。

十分前に着いている予定だったが、とりあえずは間に合ったので深呼吸をして落ち着くと受付で名乗り、高山《たかやま》と約束がある旨を告げた。

手続きをすませてすぐ、別室へ案内される。机とパイプ椅子《いす》しかない狭い部屋は警察のイメージそのもので早くも圧を感じながら、あくまで善良な一般人を装った。

常識的に見れば反社会的組織の人間と親しいというだけで十分罪深いのだろうが、他人がどう思おうと関係ない。文句を言う奴《やつ》は、馬に蹴《け》られてしまえと思うだけだ。

「やあ、お待たせしてすまなかったね」

たっぷり十五分は待たされただろうか、胡散《うさん》くさい笑顔で高山が部屋へ入ってくる。いかにも刑事らしい風貌《ふうぼう》なのはわざとなのかどうか知らないが、背後に立つ若い相棒――黒木《くろき》だったか――ふたりでいるとまるで刑事ドラマのように見える。

どうせわざと放置してたくせに、と警戒心を強くしつつ、和孝も愛想よく応じた。

「こんなせまっ苦しいところしか空いてなくてね。お休みの日に呼びつけて、ほんと申し訳ない。どうぞ座ってください」

パイプ椅子を勧められ、そこに腰かける。

高山が向かいに腰かけ、一緒に入ってきた黒木はドアの近くの壁を背にして立った。

こういうシーンもテレビドラマで観《み》た憶えがある。

久遠相手では埒《らち》が明かなくても、素人ならちょっと突《つつ》けばぼろを出すだろうと高をくくっているのが手にとるようにわかった。

「いや〜、いま立て込んでいて、茶の一杯を出す者もいないんですわ。道は混《こ》んでなかったかな」

愛想のよさがかえって気持ち悪い。なにを言わせたいのか知らないが、それならそれらしく振る舞えばいいものを。

「申し訳ありません。前置きは結構ですので本題に入ってもらえませんか」

まっすぐ高山を見据える。

こちらをひたと見てきた高山も、やがて軽々しい仕種《しぐさ》で天を仰いだ。

「さすがと言うべきなんですかねえ。こういう場所に呼ばれると多少なりとも萎縮《いしゅく》するものなんですけど、何度も取り調べの経験があるのかと疑うほど堂々としたものだ」

今度は持ち上げる作戦か。

その手にはのらないと、和孝は無表情を貫く。事実、なんの感情もなかった。ただ早くすませて出ていきたい、頭にあるのはそれだけだ。

「じゃあ、お言葉に甘えて二、三質問させてもらいましょうかね」

高山は顎《あご》の無精髭《ぶしょうひげ》を掻くと、相変わらず世間話の延長のような口調で切り出してきた。

「それで？　久遠彰允《あきまさ》とはどういうご関係で？」

なんの説明もなくいきなりそこか、とうんざりする。いったいどんな返事を期待してこの質問をするのだろう。

「あれ？　ご存じでしょ？　木島組の久遠彰允」

なおも答えず、高山の出方を待つ。小出しにしないで、早く本題に入れと促す意図があった。

「先日、久遠が事故に遭いましてね。まあ、誰も事故とは思っていないんですが、風の噂《うわさ》で聞いたところによると、斉藤組は解散させられるみたいで。まあ、それはいいんですけどね、その斉藤組を追いつめる際、久遠は瀬名《せな》の持ち出したチャカの前に立ったっていうんですわ。こうして、自分の胸に押しつけて」

高山が自身の左胸にこぶしを当てる。

初めて耳にする話に、和孝はごくりと生唾《なまつば》を嚥下《えんか》した。

事故後にまさかそんなことがあったとは……相手に撃つつもりはないと確信していたからだとしても、高山の言葉に背筋が凍る。無茶をするなと自分には忠告するくせに、なにをやっているんだと胸中で久遠を詰《なじ》った。

もしこれも記憶をなくしている影響によるものなら、なおさら恐ろしい。

今後も久遠は似たような行動をとるかもしれないのだ。想像しただけで、生きた心地がしない。

不安や苛立《いらだ》ち、焦り。それらをなんとか抑え、唇を引き結ぶ。こちらの心情を察しているのかいないのか、高山はなおも無神経な言葉を重ねていった。

「頭が切れるんだよなあ。どうすれば相手を掌握できるかをよくわかっている。まあ、色男でもあるし、女はあの手の男に弱いんでしょうなあ」

そう言ってから、芝居がかった様子で頭を搔く。

「いや、いまのは申し訳なかった。ついうっかりして。女性の話なんか持ち出して気を悪くしなかったかな」

「――――」

そういう方向から切り込んでくるつもりか。ベタだな、と和孝は早くも嫌気が差してくる。

似たようなことは幾度となく経験ずみだ。同情の振り、揶揄、挑発。こちらを見てくる目に含まれたそういう類《たぐ》いの下心にはもう飽き飽きしていた。

「このタイミングで呼ばれたのはどうしてですか？」

これ以上ごたくにつき合う気にはなれず、和孝は口を開く。

「このタイミング？」

「ええ」

いくらでもその機会はあったはずだ。現に、南川《みなみかわ》の殺人の件でメディアが騒いでいたさなか一度店を訪ねてきているのだから、そのときでもよかった。にもかかわらず、いままで待ったのはなんらかの意図があるはず、と疑うのは当然だった。

「確かに、もっと早く呼ぶことも考えたんだが」

高山が机に両肘《りょうひじ》をつき、こちらへ身を乗り出してくる。

なにを言われても感情的になるものかと身構えていた和孝だが——高山は凝視してくるばかりで、いっこうに話を進めようとしない。

いったいなんだというのだ。

あと少しだんまりが続くようなら席を立とうと、いいかげん痺れを切らした頃、ようやく高山の口から本題が語られた。

「久遠がこれまでなにをやってきたにしても、所詮《しょせん》過ぎたこと。いまさらどうこうしようなんて考えてない。問題は、今後でしてね。三島を四代目の座から引き摺り下ろすために戦争をしかけようとしてるなら、ちょっと教えてくれませんかね」

嘘《うそ》だな、と腹の中で嗤《わら》う。

高山は、南川を殺した犯人を捕まえたいはずだ。おそらく久遠が部下に命じたと推測し、下手なことを言おうものなら揚げ足をとるつもりでいるのだろう。

「そうなんですか。物分かりがいいんですね」

一方で、自分が呼ばれた理由を察する。

三代目の時代、必要悪と称された不動清和会も、いまや時代にそぐわない存在になった。南川の事件の解決にかこつけて内部抗争が起きる前に根こそぎ叩《たた》き潰したい、それが高山の——警察の総意にちがいない。

「寝物語にでも、なにか聞いてるんじゃないですか?」

情夫を煽って情報を得ようという安易な考えだ。仮に偽の情報を与えようものなら、次に来るのは「おまえも引っ張るぞ」と、モブ刑事さながらの脅し文句と決まっている。

安直にもほどがある。

「そうですね。ああ、そういえば今日、なにかあるって聞きました」

天井へ一度視線をやった和孝は、

「いや、明日……待てよ、明後日《あさって》だったかな」

その目をふたたび高山へ戻す。

「おまえ――」

　さっそく脅しかと思うとおかしくて、くすりと小さく笑った。

「俺のことも調べてますよね。拘束できるのならどうぞ」

　この数年、交通違反ひとつない真っ白な身だ。久遠が自分を守るために距離を置くなら、つけ入られる隙を作らないことが大事だと思い、実行してきた。高山も拘束できるだけの理由を見つけられず、任意で呼びつける以外の方法がなかったのだろう。

「図に乗るなよ」

　ずっと黙って立っていた黒木が壁から背中を離した。

「引っ張る理由なんてなんでもいいんだ」

　まるで憎しみでもあるかのような目つきで凄《すご》まれ、和孝は怪訝《けげん》に思う。自分は黒木と接点はない。となると、木島組となにかあったのか。

「わー、怖い。それって、でっち上げるってことですか?」

　顎を上げ、焚《た》きつける。

　やくざの情夫ごときにばかにされたのがよほど頭に来たのか、眦《まなじり》を吊《つ》り上げた黒木がこちらへ足を踏み出した。

「貴様っ」

「黒木」

止めたのは高山だ。

一発くらい殴られておけば後々有利になると考えていたものの、やはりそううまくはいかないらしい。

苦い顔で黒木がもといた場所に戻るのを待ってから、高山はパンパンと手を叩いた。

「いやはやお見事。久遠のイロだけあってなかなか利口だし、肝が据わってる」

これ以上この場に留まる理由はない。高山の言葉には反応せず、無言で椅子から腰を上げる。

任意である以上、止める権利はない。

足をドアへ向けたそのとき、なおも不快な台詞が投げかけられた。

「女はいくらでもいるだろうに、なにがいいのかねえ。どんなに器量がよくたって、男は男だろ?」

ため息混じりの一言は、腹立たしいことに本心からのようだった。

口調もそれまでとは一変している。取り繕う必要がなくなったということか。

「久遠とはずいぶん長いらしいね。いったいなにがいいのか、俺ぁ男同士のことはよくわからんが、危ない目にも遭ったろうに、それでも傍《そば》にいるとは物好きというかなんというか。そんなに慕われて、いっそ久遠が羨《うらや》ましくなるね」

ぐっと握り締めたこぶしが震える。あんたになにがわかると怒鳴ってやりたい衝動を懸命に堪え、ドアノブに手を伸ばした。

「しかもだ。最近はやけに大っぴらだっていうじゃないか。木島組の姐《あね》さんが男だってことになったら、そりゃあみんな驚くな」

ははは、とさも滑稽《こっけい》だと言わんばかりに高山が笑った。

あからさまな言葉と嘲笑《ちょうしょう》に知らん顔できるほど人間ができていない。ドアを開ける前に振り返り、ここにきて初めてにこやかな笑みを浮かべてみせた。

「ご心配いただいてありがとうございます。もしそうなったときは、またご挨拶《あいさつ》に伺わせていただきますね」

それじゃあ、と言い残して部屋を出る。足早に廊下を進みながら、怒りに任せて思いつく限りの悪態を脳内で並べ立てた。

飛びかかるなと久遠は忠告してきたが、そうできる相手ならどんなによかったか。実際は、挑発にのって雑言をぶつけただけでも敵の思う壺《つぼ》だ。

空惚《そらとぼ》けるのが一番だとわかっていても、ストレスが溜まってしようがない。

外の空気を吸い、スクーターで帰路についてやっと、和孝はくそっと毒づいた。

「なにがいいのかわからないって？　だからなんだよ」

いったん口火を切ると止まらなくなる。そもそも一方的に見下されることに我慢がならないのだ。

「姐さんが男でみんなが驚くだ？　俺が姐さんになるわけないだろ」

男とか女とか、そういう理由で判断できるならこんな楽なことはない。どうしようもなかったから、必死で踏ん張ってきただけだ。

自分に限って言えば、幾度となく退《ひ》く機会はあったし、実際に一度逃げ出している。再会してからも、やめておくべきだと何度思ったか知れない。

でも、無理だった。

危険な世界だというのも、自分に火の粉が飛んでくることがあるというのも承知していながら、久遠の傍にいる道を選んだ。選ぶしかなかった。

それを物好きの一言で片づけられたくない。

「ふざけんなよ」

なにより頭に来たのがその一言だったと気づく。

高山はきっとわざとその言葉を選んだのだ。やくざとその情夫のくせにという侮蔑《ぶべつ》がはっきり伝わってきた。

くそっとまた毒づく。

交差点で停《と》まった和孝は、一度周囲へ視線を流す。自分はいま事情聴取を受けてきたというのに、いつもどおりの街には活気があり、行き交うひともみな華やかに見える。

「…………」

ふと、胸の奥に隙間風が吹いたような感覚に囚《とら》われ、どういうことだ？　と自問自答する。

これほど苛立っているのは、挑発されたあげく、知ったふうな口をきくなと反論できなかったストレスによるものだ。

だとしたら、隙間風は？

思案したのは数秒で、ふたたび走り始めたときには答えが出ていた。どうやら自分は痛いところを突かれたせいで、過剰反応しているらしいと。

どれだけ開き直ろうと腹をくくろうとそれは自分自身の問題であって、他者はまったく別の見方をするはずだ。

――木島組の姐さんが男だってことになったら、そりゃあみんな驚くな。

高山のあの言葉は真理だ。裏を返せば、姐になれない人間になんの価値があるのかという問いかけだった。

沢木や、他の木島組の組員たちにとっての姐の存在の重要性は、その世界に身を置いていなくてもわかる。「放っておけ」「関係ないだろ」ではすまされないというのも。

厭な気分のまま、途中スーパーマーケットに立ち寄り食材を買い込んで帰宅する。スクーターを駐め、荷物を手にしてエレベーターで上階へ向かった。

自宅に帰りつくと、まずは食材を冷蔵庫に入れ、その後洗濯、掃除と一通りの家事をこなしていく。もやもやを払拭《ふっしょく》するには、無心になれる家事がちょうどよかった。

常備菜でも作るかとキッチンに立ったとき、津守から電話がかかってきた。警察に呼ばれたことを知っているので、おそらく心配して連絡をくれたのだろうと出てみたところ、開口一番の言葉は予想どおりだった。

『大丈夫だったか?』

ソファに移動した和孝は、ほっと息をつく。自分が苛々を引き摺っていたことに、津守の言葉で気づいた。

「想定内って感じかな」

久遠が瀬名の銃を自身の胸に押しつけたという話以外は。

先日、マンションの前で襲ってきた男たちの前へ咄嗟《とっさ》に出てしまった自分の場合とはわけがちがう。あれは衝動的なもので、頭の中が真っ白になっていたからこそしでかした失態だが、久遠の場合はすべてを理解したうえでの計算ずくの行動だ。

現に何事もなかったので、久遠が正しかったのだろう。

そもそもその場に居合わせなかった部外者の自分は、あとからあれこれ口出しできる立場にない。それを承知でなお久遠の身を案じるのは個人的な事情であって、隙間風にも通じることなのかもしれない、と無意味な思考にまで至る。

「……まあ、いろいろ聞かれたけど、基本、なにも知らないって態度でいたし」

『警察は、わざとこっちの神経を逆撫《さかな》でするようなことを言うから』

「ほんとにそう」

津守の言葉に苦笑する。

結局のところ、あれこれ考えてしまうのはまんまと敵の術中にはまり、踊らされたせいだった。

『あと、久遠さんから二十四時間の警護を頼まれた』

「……二十四時間って？」

予想だにしていなかった津守の一言に面食らい、目を瞬《しばたた》かせる。つまり久遠は、自分の警護を個人的に津守綜合警備保障《そうごうけいびほしょう》に依頼したということか。

「あ、もしかして昨夜、店に榊さんが来たときも」

榊を取り押さえた男たちは知らない顔だった。木島組の組員だとばかり思っていたけれど、やけに紳士的だったような気がする。

『うちの警備員が対処した』

やっぱりそうか、と返す。

木島組はいま重要な時期で、部外の警護に人員を割くほどの余裕はない。二十四時間となればなおさらだ。

「それにしても、さすがに大げさじゃない？」

店にいる間は人目がある。自宅へ戻れば、あとは寝るだけだ。そう思った和孝だが、津守は否定する。

『まったく。用心しすぎなんてことはないからな』

「……まあ、それはそうだけど」

ここにきて意地を張るつもりはない。世話になることに関して素直に、ありがとう、と礼を言った。

『礼なら久遠さんに言えばいい』

「あ、そうか。そうだね」

これにも同意する。大事なのは大げさかどうかではなく、危険から遠ざけようとしてくれる気持ちのほうだ。

「ひとの根本って変わらないよな」

記憶があろうがなかろうが、やはり久遠は久遠だと思う。慎重で、周到だ。安堵《あんど》に頬を緩めると、

『変わらない？』

不思議そうな声が耳に届いた。

「あ」

信頼している相手の前でうっかり気が緩んでしまったが、久遠が記憶をなくしたと知っ

ているのは、本人を含めて上総と沢木、自分の四人だけだと聞いている。

混乱を避けるために、いまだ他の組員には伏せたままだと。

「なんでもない。久遠さんは、警護に関して津守くんになにか言ってた？」

『柚木《ゆぎ》さんの身の安全という以外、特には。でも、必要と判断したからうちに警護を依頼してきたんじゃないかな』

「うん」

津守の言うとおりだ。

久遠は無駄なことをしない。組員で足りるのなら、これまでどおり続けているはずだった。

『柚木さんも油断せずに気をつけて』

「わかった」

緊張感のある会話を最後に電話を切る。携帯をテーブルに置いた和孝は、ソファにごろりと横になった。

「あんなこと、簡単に口にすべきじゃなかった」

いまの状況に、自分の発言が多少でも影響しているかどうかはわからない。てっぺんをとれと久遠をけしかけたのは、周囲がうっとうしかったからだ。

久遠の立場、三島の干渉。大小にかかわらずくり返される揉め事。久遠が五代目の座につけばすべて解決とはいかなくても、現状よりはマシだろうと思った。

自分が望んでいるのは、平穏だ。

もっとも、あのやりとりを忘れられたいまとなっては、笑い話にすらできなくなってしまったが。

どちらにしても、不動清和会の一枚岩がとうに傷だらけだったというのは間違いなさそうだ。

「……どうか、何事もなく、無事に片づきますように」

身勝手な望みであるのは百も承知だ。

普段信心深さなんて欠片《かけら》もないくせに、こういうときだけ神頼みかと軽くあしらう余裕はなかった。

五代目の座より、組より久遠自身が大事だ。これだけはずっと変わらない、和孝自身の本心なのだから。

# 4

久遠《くどう》は、新たなシマに関しての報告を真柴《ましば》から受ける。

「いい雰囲気ですね。客層も悪くないし、上がりは期待できますよ。瀬名《せな》がないがしろにしてたおかげで、あっちの若頭さん——戸田《とだ》さんがうまいことやってくれましたし」

上々っすと親指を立てた真柴に頷《うなず》いたあと、その先を促した。

「妙な動きはないです。あのひと、なかなか人望があるし、なんなら戸田さんが植草《うえくさ》さんの後釜《あとがま》に座っていたら斉藤《さいとう》組もいま頃こんなことにはなってなかったんじゃないかって思うくらいいっすね」

斉藤組の解散を受け、若頭の戸田を始め斉藤組の組員の数人を木島《きじま》組で引き取った。これを機に足を洗った者も多数いるが、この世界しか知らない者、生きていけない者もけっして少なくない。

そういう者たちの受け皿は必要で、彼らを組に入れることは木島組にもメリットがあった。

その最たるものが斉藤組のシマだ。

真柴の言ったように、戸田は組員にも夜の街の人間にも慕われているようで、今回スムーズに事が運んだのは彼の功績が大きかった。

とはいえ、信用するのはまだ早い。

なんらかの企《たくら》みを持って組に入ってきた可能性もまだ捨て切れない以上、一定期間の監視は必要だ。

「引き続き頼む」

久遠がそう言うと、

「了解っす」

敬礼してから真柴は部屋を出ていく。

入れ替わりのタイミングで、上総《かずさ》がやってきた。

「真柴はいつも元気がいいですね」

どうやら廊下かエレベーターで顔を合わせたようだ。苦笑いする上総に、

「だな」

と久遠も同意する。

真柴が組のムードメーカーであることは、上総に説明されるまでもなくすぐにわかった。常に話の中心にいるし、街へ遊びに行こうと盛り上げるのもたいがい真柴だ。

先日、近田《こんだ》組へ行く際に真柴を同行させることを提案したのは上総だが、そういう部分を買ったのだろう。

「先ほど顧問と八重樫《やえがし》さんからそれぞれ連絡がありました。もう一度きちんと謝りたいから、今夜にでも時間を作ってほしいとのことですが、いかがしますか？」

本人たちがすっきりしたいというだけなので、謝罪自体こちらに意味はない。が、今後の円滑なつき合いを考えると応じておく必要があった。

「今夜は、和孝《かずたか》に品川《しながわ》の部屋を見せる約束だ」

今夜以外なら、と続ける。

「――承知しました。おふたりにはあらためて連絡すると伝えましょう」

上総が目礼すると、久遠は椅子《いす》を引き、身体《からだ》を背凭《せもた》れに預けた。

「なにか言いたそうだな」

こちらから水を向けたところ、返答するまでに明らかな間があいた。その理由が、自分にあるのは間違いなかった。

逡巡《しゅんじゅん》の後、上総が口を開く。

「これまでのあなたなら、いまのような状況であれば確実に柚木《ゆぎ》さんを遠ざけてました」

顧問と八重樫の申し出より和孝を優先することに不満があるのかと思ったが、どうやらそれ以前の話だったらしい。上総にしてみれば、忠告と同時に助言の意味合いでもあるにちがいない。

「そっちか」

　上総の言い分は理解できる。ひとつの案件が幕引きになったといっても、三島《みしま》との関係が悪化したことで、状況は落ち着くどころか、いっそうの混乱を招いたのは明白だった。津守綜合警備保障《つもりそうごうけいびほしょう》に二十四時間の警護を頼んだのもそのためだが、それでも万全ではない。先日の事故でもわかるように、捨て身の相手を阻止するのはほぼ無理だ。

　そう上総は言いたいのだろう。

「柚木さんの身が危険にさらされることをなにより警戒していたのでは？」

「そうなのか」

　どうやらこの返答は、少なからず上総を失望させたらしい。忘れたと言ったも同然なのだからそれも当然だった。

「組員をふたりつけていたにもかかわらず、榊洋志郎《さかきようじろう》に拉致《らち》されました。同じことが起こって、最悪の事態に陥る危険もないとは言えません」

　上総がこういう言い方をするのはめずらしい。上総自身、もどかしく感じているのかもしれない。記憶をなくす前と後の齟齬《そご》をなんとか埋めようと奔走している上総からすれば、不安材料が多すぎるのだろう。

　先代の木島は、酔って上機嫌になると「組は家、組員は家族だ」とよく言っていた。木島のその精神を引き継いできたが、若い組員の世話を一手に引き受けているぶん上総は自分以上にその思いが強い。

それゆえ、いまの言葉も和孝の身を案じているというより組のことを考えてのものだと察せられる。

「そこなんだが」

久遠はデスクの上の灰皿を引き寄せた。

「和孝の利用価値は、交渉に使えるからだろう？　死なせてしまったら無駄になる」

命までとられるはめにはならないと承知していながらなお距離を置いたのは、無論危険から遠ざけるためだとわかるが、こうなった以上、そうすることにもはや意味はない。むしろ近くにいたほうが牽制《けんせい》になるという点でメリットがある。

「彼はあくまで一般人でしょう」

上総が食い下がるなど滅多にないことだ。それだけ和孝の存在に危機感を覚えている証拠だとも言える。

「こういうときにあなたが彼のもとへ通うということは、いま執心している相手というだけではすまなくなります。特別だと公言するようなもので、なによりあなたの判断が鈍ってしまうような事態になれば――」

そこで言葉を切り、眼鏡の奥の目を瞬《しばた》かせた。かと思うとこめかみに手をやり、ふっと口許《くちもと》を綻《ほころ》ばせる。

「なにを言っているんでしょうね。すみません。聞かなかったことにしてください」

目礼で撤回した上総に久遠はあえて追及せず、「ああ」とだけ返した。

上総の危惧《きぐ》はもっともだ。優先順位を間違えないようにするという理由から距離を置いたのだとすれば納得できる。

だが、それも仮の話だ。仮にあのときこうしていればと、予防線を張ることにどれほどの利点があるのか、比較対象がない時点で無意味だと言える。

それともこういう思考自体、記憶をなくしたせいなのか。

確かに十年間の記憶が飛んだことによる不都合は多い。だが、悪い面ばかりを挙げていったところでなにも生み出さないのだから、思考を切り替えて対処するのが得策だろう。久遠自身焦りがまったくないと言えば嘘になるが、現状を嘆く暇があるなら見方を変えるほうがよほど建設的だ。

「それで、実際のところ少しは思い出したんですか」

上総が上目で問うてくる。

「多少」

偽る理由はないので、ありのままを答えた。

実際のところ、記憶が戻ったとは言い難《がた》い。思い出した部分も断片的で、前後が不明《ふめい》瞭《りょう》であるため、いわば脳内で静止画を組み立てているような状況だった。

「俺が和孝を手放すと期待しているなら無駄だ。あきらめてくれ」

今後似たようなやりとりをしなくてすむよう、上総に言う。

これについては助言も忠告も不要だ。見方とか思考とかの問題ではないため説明する気もなかった。

「忘れているのに――と言うのは野暮なんでしょうね」

「野暮だな」

記憶が曖昧《あいまい》だからこそ、自身のなかにある本能に従っているだけだ。執着心と言い換えてもいいかもしれない。

上総は降参とでも言いたげに首を左右に振った。

「昔を思い出しました」

「昔?」

「ええ。あなたが野良猫を拾ったときのことです」

上総の言わんとしていることを察し、灰皿で煙草《たばこ》を弾く傍ら久遠は苦笑する。久遠自身に憶《おぼ》えはないものの、無論、野良猫というのは和孝を指しているのだろう。

「ほどほどにしておくよ」

そう返した久遠の耳に、ドアをノックする音が届く。伊塚《いづか》だった。

許可すると伊塚は深々と一礼し、デスクに歩み寄ってくる。伊塚を見たとき大学生のようだという印象を抱いたが、あながち間違いではなかったらしく、医大を出てまだ数年だという。

医者にならずにこの場にいるのは、道を変更せずにはいられないなんらかの事情があったからにちがいない。そもそもやくざになるような人間は、多かれ少なかれ面倒事を抱えているものだ。

「斉藤組からうちに入ってくる組員の名簿です。部屋住みになる者も何人かいるので、いまその用意も進めているところです」

上総が名簿を受け取る。

この件については有坂《ありさか》を中心に数人が当たっているが、部屋住みの組員ともっとも接する機会が多いのは上総だ。人数が増えるとなるとそれなりの対応が必要となるだろう。

「ご苦労だった」

砂川《すなかわ》組の残党のリーダーだった大沢《おおさわ》の尾行に始まり、働きづめの伊塚に労《ねぎら》いの言葉をかける。

頭を下げた伊塚はなおもそこに留まり、戸惑いを見せつつも口を開いた。

「あの――個人的な相談があるのですが、近々時間を作ってもらえませんか」

意外な申し出に、

「俺にか？」

久遠は吸いさしを灰皿に押しつけた。

で頷く。
「有坂ではなく?」
上総も不思議に思ったようでその質問になったようだが、伊塚はひどく緊張した面持ち
「有坂さんのことなので」
伊塚にとって有坂は直属の上司に当たる存在だ。不満があるにせよ、他の問題にせよ
早々に排除しておくに越したことはない。
「わかった」
久遠が承知すると、ほっとした様子でまた頭を下げ、伊塚は部屋を出ていった。
「なんでしょうね」
怪訝《けげん》な顔になる上総に、さあなと答える。
「二、三日休ませてやれ」
タイプこそ異なるものの、伊塚も沢木《さわき》と同じだ。与えられた仕事を完遂するために限界
まで奔走するうえ、力の抜きどころもわかっていない。
「そうします」
その一言を最後に上総が部屋を辞すると、久遠はひとり、また煙草を咥《くわ》える。本数が増
えていると上総から忠告されたのは昨日のことだ。自覚がないままに、ストレスでも溜《た》
まっているのだろうか。

と、そう考えて、おかしさに久遠はくっと喉《のど》を鳴らした。

この稼業にストレスもなにもない。魑魅魍魎《ちみもうりょう》たちを相手に自分こそが天下をとろうとするなら野心とはったりこそが物を言う世界だ。

そういう意味で瀬名は正しいやくざだった。

もっとも戦に負けてしまっては、単なる敗者でしかないが。

「明日は我が身か」

久遠は、吐き出した煙の向こうに三島の顔を思い描く。

現在の不動清和会《ふどうせいわかい》、いや、裏社会は三島の天下だ。反社会的組織への締めつけが強くなり、世間の反感が高まっているなかにあっても、その事実は変わらない。

廃業する組が増え、裏社会も縮小を余儀なくされている現状にもかかわらず、着実に結《ゆう》城《き》組は力をつけ、三島が私腹を肥やしていることでもわかる。

だから自分が三島の後釜に座り、五代目になる？

とんだ茶番だな、とけっして口にはできない本音を久遠は心中で漏らした。

誰が五代目の座についたところでいまと大差ないはずだ。結城組が木島組に、三島が久遠自身に代わるというだけのことで、裏社会のシステムも世間の風当たりもいまと同じ、情勢によってはますます悪くなるだろう。正直なところ、植草が死んだと聞いた瞬間、稼業への意欲が半減したと言ってもよかった。

当然上総は気づいているにちがいない。

気づいていながらそ知らぬ顔を決め込むのは、そうするより他に手立てがないからだ。もしかしたら上総こそが、自分以上に茶番を演じ続けているのではないかと、そんな気もしている。

理由は明白だ。弁護士になるという夢をあきらめざるを得なかった上総の胸にあるのはおそらくひとつ、木島の残した組を存続させたいという思いだけなのだ。

それなら、自分もとことんつき合うしかない。

木島のため、組のため、それとも単に野心からなのか。以前の自分がどういう心理で五代目になろうなどと考えたのか、いまとなっては知る由《よし》もないが、こうなった以上自身に課せられた業だとあきらめるしかなかった。

障害になるのは三島だ。

少し前から慧一《けいいち》の動向に関して同じような情報ばかり耳に入ってくるようになっていたのは、三島が絡んでいるせいだとしても少しも驚かない。知らん顔をして、水面下で手を回すのはやくざの常套《じょうとう》手段だ。

だとしても——四代目の立場上、事を荒立てたくないという打算もあるはずだった。となると三島が選ぶ方法は限られる。

瀬名に倣《なら》って自分の手を汚さず、末端の組織に命じるか。あるいは——久遠は和孝の顔を思い浮かべる。

やくざは一般人に手を出さない、などというのは建て前だ。これまでの経緯を見ても明らかだし、三島なら和孝を交渉材料に利用したあげく、文字どおり閉じ込めて飼い殺しにするくらいのことは平然とやるに決まっている。

飽きればどうするか。

少なくとも三島は、裏事情を知った人間を解放するような男ではない。

「――俺でもそうするかもな」

やくざのイロになる時点で一般人じゃない、恨むならその選択をした自身を恨め、と言うだろう。

吐き出した丸い煙が天井へと上っていくのを眺めていた久遠は、デスクの上で震え始めた携帯へ視線を移す。

鈴屋《すずや》からだった。

『その後、怪我《けが》の具合はいかがですか』

開口一番の気遣いの言葉には、問題ないと返した。実際、身体の怪我は時が解決するのを待つだけだった。

『ならよかったです』

鈴屋はそう言ったあと、ため息をついた。

『それにしても、瀬名さんも愚かというか、勝ち目があるとでも思ったんですかね。結局、組まで潰《つぶ》すはめになって——いま頃あの世で尾上《おがみ》さんが嘆いていますよ』

鈴屋の複雑な心境は理解できる。尾上というのは斉藤組の先々代で、三代目の兄弟分に当たり、稲田《いなだ》組とは浅からぬ縁がある。

尾上があの世で嘆くかどうかは別として、勇退時にはまさか自分の組が潰れるとは微塵《みじん》も思わなかっただろう。

『おかげでうちの組もいまピリピリですよ。もしもの場合に備えて俺に警護をつけるとかなんとか、中林《なかばやし》が言いだしちゃって』

どこの組の若頭も似たようなものだ。

上総にしても常に組を、組員を案じている。そのうえいまは記憶をなくした組長の心配までしているのだから、いくつ身体があっても足りないくらいだ。

「若頭がもしもを考えるのは当然だ」

そう返した久遠の耳に、歯切れの悪い声が届く。

『どうなんですかね。本来あいつは慧一坊ちゃんの下で働きたかったでしょうし』

これについての答えを久遠は持たない。

なにしろ鈴屋が三代目の跡を継いで稲田組の組長だと知ったのは、数日前のことだった。てっきり次の組長は中林がなるものだとばかり思っていたので、上総から聞かされたときは少なからず驚いた。

だが、三代目の後押しがあったなら資質は十分だと言える。上総の資料にあった経歴でもそれは窺《うかが》えた。

『その慧一坊ちゃんですが、やっぱり帰国してるみたいですね。とある筋からの情報では、どうも手引きしたのは三島さんじゃないかと』

少しも意外ではない。むしろ予想どおりで嗤《わら》えるくらいだ。

「どんな餌《えさ》をぶら下げられたのか」

田丸《たまる》が三島の要求に応《こた》えたのは、そうせざるを得ない事情が生じたからだと考えられる。

田丸自ら白朗《バイラン》のもとを離れるとは思えない。となると、餌は白朗か。

白朗の病状はかなり悪いと報告を受けている。そう長くはないだろうと。

帰国したのが事実であれば、田丸はいま頃白朗を案じ、一刻も早く戻りたいと気を揉《も》んでいるにちがいなかった。

『戯言《たわごと》と聞き流してもらっていいんですが』

唐突に、鈴屋が切り出す。

『柚木さんをどこかへかくまわれてはどうですか。三島さんが本気なら、危険だと思います』

また「柚木さん」か、と半ば呆《あき》れながら聞く。

「柚木さん」「柚木くん」「和孝くん」短い間に幾度となくみながその名を口にした。沢木ですら、恩があると気にかけていた。

魅力的なのは間違いない。

あれほどの器量に、気の強い性格。腹も据わっているうえ、誰に対しても本気でぶつかってくる。そこが他者を強く惹《ひ》きつけるのだろう。

『坊ちゃんが帰ってきているのなら、なおさらじゃないですか』

鈴屋の言い分はもっともだ。それがなにより安全で手っ取り早い。

久遠自身そう考えたし、本人に話をするつもりもあったのだが、直前になって気が変わった。

——俺の人生に巻き込まれる覚悟はあるか？

どうやら正解だったと、直後に返ってきた一言でわかった。和孝の双眸《そうぼう》に恐れはなく、それどころか穏やかにすら見えた。

そもそも首輪を拒む猫をケージに閉じ込めるなど無理がある。あれは、自分だけ安全圏にいて納得するような男ではない。

ふっと口許を綻ばせた久遠は、ネクタイに指をかけて緩めると、らしくないのは承知で携帯に向かって問う。

「こっちも戯言だが、どういう理由があってあれを気にかける」

津守や宮原《みやはら》は理解できる。BM《ビーエム》でともに働いた、言わば身内だ。

しかし、鈴屋までもとなると、やはり違和感がある。

『あー……確かに』

そう言うと鈴屋は、つかの間黙り込んでから、ふたたび口を開いた。

『なんでしょうね。彼には不幸が似合わない。いや、ちがうな。似合いすぎるからこそ、不幸になってほしくないんですかね』

要領を得ない返答だと、鈴屋本人も自覚しているようだ。

はは、と笑ったあと、言い訳めいた言葉を続けた。

『美人が両足を踏ん張って必死に頑張ってる姿って、ときめきません？　みんな弱いでしょ？』

つまり鈴屋自身も判然としないらしい。

そうか、と一言だけで久遠は携帯をデスクに戻した。

両足を踏ん張って頑張っているという表現は、まさにそのとおりだ。今度のことだけでも、手を尽くし、自分以上に記憶を取り戻させることに躍起になっていた。

そのせいで久遠は――彼の知る自分はどういう人間なのか、どんなふうに見えていたのか知りたくなった。

いまも同じだ。

すべてを思い出さなくていいと、和孝からあの言葉を引き出したにもかかわらず、久遠自身は取り戻したわずかなピースを繋《つな》げて、過去を辿《たど》ろうとしている。

「確かに弱い」

取り留めのない思考をストップし、椅子から腰を上げると部屋を出る。月に一度の割合で会いに行っていたという三代目からの連絡で、稲田組へ向かうためだった。

三代目の用件は事故と、おそらく息子である慧一のことだろう。久遠にしても、本当に息子と絶縁したのか、この先どうするつもりなのか、三代目の動向には興味があった。

隠居したとはいえ、不動清和会の元会長の影響力は無視できない。それにはまず三代目と自分がどの程度の仲なのか、見極めることからだ。

エレベーター内でネクタイを締め直した久遠は、少ない手札でどうやって主導権を握ろうかとそのことに意識を向け、頭の中でシミュレーションしていった。


津守と村方《むらかた》を見送ったあともひとり店内に残っていた和孝は、鳴り始めた携帯を手にとり、あえて仏頂面《ぶっちょうづら》を作ってから耳にやる。

そうしないと感情がダダ漏れになってしまいそうだ、というばからしい理由からだが、性分ばかりは何年たっても変えられない。

いまだ自分は意地っ張りで頑固なままだ。

「俺なら、まさにこれから帰るところ」

問われる前に先回りする。

ちょうどよかったと久遠はそう言ってから、

『そっちに寄って拾うか？』

と提案してきた。

まだ事務所にいるらしい。

「場所はわかったし、自分のスクーターで行く。そのほうがなにかと楽だし」

というのは単なる言い訳で、本音は沢木と顔を合わせるのが気まずいからだ。沢木にはこれまでも数々の醜態をさらしているとはいえ、先日事務所の前で花柄の傘を広げたことは記憶に新しいだけに羞恥心《しゅうちしん》が先に立つ。

自分にとっては意味のある行動でも、沢木からすれば他の組員たちの手前もあって愚行以外のなにものでもなかっただろう。

『スクーターはよせ。なにかあったとき、直接ダメージを食らう』

「……直接ダメージ」

どういう意味の忠告なのか、問《と》い質《ただ》すまでもない。つまり、久遠がそうされたように車に衝突された場合、スクーターでは身を守りようがないと言いたいのだ。

となると今日のみの話ではなく、これからずっとそうしなければならないようだ。

警護がついている状況で、などと反論する気は毛頭ない。想定外の出来事は突然襲いかかるから想定外なのだと、先日の久遠の事故で厭《いや》というほど思い知った。

「わかった。一度自宅へ戻って、車で行く」

承諾し、電話を終えた和孝は言葉どおり自宅へ戻るために店をあとにする。

黒いワゴン車。津守綜合警備保障の車だ。

緊張しつつスクーターを走らせて数分、駐車場にスクーターを駐める。路肩に停《と》まったワゴン車を目の隅に捉《とら》えながら車に乗り換えると、待ち合わせの場所、品川のマンションを目指してアクセルを踏んだ。

時折ミラーでワゴン車を確認してしまうのは、やはり慣れないせいだろう。いまでも二十四時間の警護には抵抗があるし、手間をかけさせているという申し訳なさもあった。

それでも拒否しないのは、我《が》を通して面倒をかけたくないからだ。久遠にも、沢木にも、もちろん津守にも。

大通りから横道に入るためにウィンカーを出し、交差点で停まった。真後ろには一般のセダン、その後ろにつけているのがワゴン車だ。

やけに緊張しつつ、青信号に変わると同時に車を発進させた。

横道に入ると、ワゴン車もあとに続く。まもなくだった。

ふたたびミラーで背後を確認した和孝の目に、ふらりと浮かび上がった人影が見えた。

「……え」

反射的にブレーキを踏んだ瞬間、人影は消える。どうやらワゴン車に接触したようだと気づくと同時にドアを開け、車から飛び出した。

「大丈夫ですか」

ワゴン車に駆け寄ろうとした和孝だが、逆方向から近づいてきた車のヘッドライトに邪魔されて思わず手を目元にかざす。

いったいなんだ？

すぐにライトは消えたが、その車から降りてきた人物が街灯に浮かび上がった途端、驚きのあまりひゅっと喉を鳴らしていた。

「……田丸、さん」

三人の男たちの中心にいるのは、まぎれもなく田丸慧一だ。

田丸が帰国したのではないかという話を耳にしていたにもかかわらず、実際に本人を前にすると衝撃を受ける。

まさか姿を現すとは思っていなかったのだ。田丸が自分に執着する理由はないし、わざわざ警護をかいくぐってまで会いに来るはずもないと。

「久しぶりだね、柚木くん。もう三年近くになるかな？」

まるで旧友にでも会ったかのように、声音に懐かしさを滲《にじ》ませる田丸を警戒し、じりっと後退《あとずさ》りする。

接触事故は仕組まれたものだろうし、場所が公園の横で人通りがないのも意図的にちがいなかった。

時間帯のせいか、通り過ぎる車も少ない。

久遠はすでに部屋に到着しているのか、それともまだ移動中か。閑静な住宅街に建つマンションは目と鼻の先だ。

「車の中へ戻ってください！」

そう叫ぶと同時に、警備員がすぐさま田丸との間に立ちはだかる。もうひとりはぴたりと背後につき、前後を守られた状態で和孝は前方の田丸へ意識を集中させた。

「せっかく帰国したから挨拶《あいさつ》でもしておこうと思ったのに、つれないな」

田丸は落ち着き払った態度を崩さない。警備員との落差が異様に思えるほどだ。

「挨拶？　なんの冗談ですか？」

和孝は、声音にたっぷり皮肉を込める。実際、過去の経緯を考えると、どの面下げてと言ってやりたかった。

「相変わらずだなあ、柚木くんは」

ふふ、と田丸が笑う。それを合図に、両脇《りょうわき》にいた男たちがこちらに歩み寄ってきた。

「拒絶されると、俄然《がぜん》やる気になってしまう。どうせさあ、ナイフひとつ持たせてもらってないんだろ?」

田丸こそ相変わらずだ。まるで久遠の付属品でもあるかのような扱いをしてくる。なにが持たせてもらってない、だ。田丸が真に気にしているのが久遠だからにしても、癇《かん》に障る言い方だった。

「銃刀法違反ですよね」

あんたたちとはちがうと、言外に含む。

でも、と心中でつけ加えた。

ジャンパーのポケットに入れた小型のスタンガンに、それとなく手をやる。榊に拉致されて以降、なにか対処法はないかと考えた結果、店への行き帰りのみならず買い物や久遠宅へ行く際も常にスタンガンを持参するようにした。

それと同時に、村方と一緒に護身術にも磨きをかけている。

「まあ、それはそうだね」

その言葉とともに田丸が掲げて見せたのは銃だ。またそれかとうんざりしたおかげか、恐怖心はまるでなかった。

なにかと銃を持ち出すやくざのやり方には、いいかげん苛立《いらだ》ってくる。久遠が銃口を胸に押しつけたという話はさておき、自分みたいな素人相手に銃を使うなんて、ルールも矜持《きょうじ》もないと吹聴《ふいちょう》しているも同然だ。

「ところでその人たちって、お仲間の実家の警備員さん？　まだ木島組に守ってもらうほうがよかったのに。飛び道具も持てない一般の警備会社がなんの役に立つっていうんだよ。せいぜい壁になって死ぬことだろ？　現にこうして簡単に近づけたし、このまま柚木くんを拉致することもできる」

得々とした口上にはいいかげん耐えられそうにない。耐える必要もない。

「それを教えてくれるためにわざわざ日本に戻ってきたんですか？　優しいんですね。じゃあ、俺はこれで失礼させてもらいます」

その言葉を最後に車へ戻ろうとした和孝だが、田丸に言われたことを考える。

これまで警護は木島組の組員が担っていた。久遠の身辺が慌ただしくなるたびに、店やマンションの外で定期的に見回りをする組員の姿を目にした。

津守綜合警備保障による二十四時間の警護に切り替わったのは、それだけ事態がひっ迫してきたからだろうと思っていたが――久遠は慎重な男だ。

いくら記憶がなくなっているからといっても、根本は変わっていない。

「あれ？　俺がすんなり帰すと思ってるんだ？」

したり顔で田丸は肩をすくめる。

「田丸さん、俺に興味ないでしょう」

田丸が見ているのは自分ではなく久遠だ。

「謙遜《けんそん》しなくてもいい。俺はきみに興味津々だ。正確に言えば、きみの純情に？」

「純情？」

「純情だろ？　何度も怖い目に遭ってるのに、元凶の傍《そば》を離れないんだから」

あっさり片づけた田丸に、どう反撃すればいいのか、すぐには言葉が浮かばなかった。

ただ、もやもやとした気持ちの悪さがこみ上げてくる。

「いっそ感心するよ。まあ、あんな冷たい人間のどこがいいのか、気が知れないとも思ってるけど」

なおも追い打ちをかけるように、田丸が肩を揺らして笑った。

「まあ、そんなことはどうでもいい」

そして、ふと真顔に戻ったかと思うと、予想だにしなかった一言を口にする。

「きみには申し訳ないことをしたと、これでも少しは気にしていたんだ。久遠のとばっちりだったからね。八つ当たりをした。だから、お詫びも兼ねてひとつ忠告したい」

申し訳ない？　お詫びに忠告？

いったいなにを言いだすのか。いっそう田丸への不信感が募る。黙ったまま見据える和孝に構わず、田丸は先を続けた。

「誰も信用すべきじゃない。きみの周りにいるのは、我欲のためになんでもする連中だ。自分の身が可愛いなら、いま俺が言ったことを憶えておくといい」

「…………」

こんな話をするために銃まで使って足止めをしているのか。なんの目的があって――いいかげんにしてくれ、と一蹴《いっしゅう》しようとした和孝だったが、そうするまでもなかった。

それまで余裕綽々《よゆうしゃくしゃく》だった田丸の様子が一変する。と同時に、脇にいる男たちにも緊張が走った。なぜなのか、確かめてみるまでもない。

車が二台、背後から近づき、田丸のすぐ近くで停まったのだ。

「――――」

やっぱりだ。

和孝は、車から降りてきた男たちを前に自身の考えの正しさを認識する。久遠が津守綜合警備保障に依頼をしたのは、こうなることを予測してのことだったのだと。

まんまと網に引っかかったのが田丸というわけだ。

見知った顔もあるなか、当人の姿を確認して和孝は覚えず笑みをこぼしていた。

「……久遠」

当然、田丸は真逆の反応になる。これまでの悠然とした態度は嘘《うそ》みたいに消え、声音はあからさまに上擦った。

「んだよ……おまえに、用はない。俺はただ、挨拶のついでに忠告してやっただけだ。飛び道具も持てない民間の警備員がいかに脆弱《ぜいじゃく》かってね。そうだろ、柚木くん」

同意を求められたが、和孝は口を閉ざしていた。

久遠は田丸の手にある銃へ目をやると、

「そうだな。だが、飛び道具ならもうある」

代わりに返答した。

銃を見せる必要はない。持っていると思わせれば十分だ。

「使うつもりはなかった」

田丸は銃を内ポケットにしまう。久遠の登場は予期していなかったようで、さっき見せた威勢のよさはなりをひそめていた。

そのわけはすぐに判明した。

「俺は、すぐに向こうに戻る。今回帰国したのだって、本意じゃないんだ」

田丸がもっとも恐れているのは、海を渡れなくなることのようだ。白朗の病状が芳しくないというのは和孝も聞いている。

「言い訳なら、親父《おやじ》さんにしてはどうだ？」

久遠のこの一言は、田丸の耳には無情に響いたはずだ。

「冗談。俺は勘当されてるんだ。家になんか戻されたら――」

そこで言葉を切った田丸は、突然駆け出した。しかし、すぐに組員に取り囲まれ、身動きできなくなる。

「よせっ。放せ！」

抗《あらが》う田丸とはちがい、同行してきた男ふたりは端《はな》から抵抗するつもりもなかったのか、命じられるままおとなしく従う。

田丸と男たちを乗せた車が去り、静かな夜が戻ってきてからも、「頼むから」と最後に聞こえた悲痛とも言える声はしばらく和孝の耳に残った。

田丸のことは嫌いだし、過去の経緯やいまのことで腹を立ててもいる。

一方で、忠告に来たという田丸の言葉は本当のような気がしていた。自分がそうであるように、田丸も似た部分を感じているのかもしれないと。

田丸も自分も、遥《はる》か頂を目指そうとしている男に人生をまるごと預けた。成し遂げると信じているが、失敗したときは諸共《もろとも》地獄に落ちるのも覚悟のうえだ。

それなのに、いま、片方は野望ごと命の火が消えようとしている。どうして、と懊悩《おうのう》せずにはいられないだろう。

しかも相手が、数年を棒に振るはめになった元凶ならなおさらだ。

「……田丸さんは」

野望とか成功とかどうでもいいのではないか、ふとそんな思いが胸を掠《かす》める。ただ傍にいさせてくれと、「頼むから」というあの一言は彼の願いではないのかと、そんなふうに和孝には感じられた。

自宅へ送り届けられたあとの田丸がどうなるのか、正確なところはわからない。だが、想像するのは容易《たやす》い。

また首輪をつけられる。今度は、以前よりさらに強固な首輪だ。

おそらく白朗の命が尽きるまで。

「ひやひやしましたが、結果オーライですね」

警備員の一言に我に返る。

彼らに労いの言葉をかけた久遠の態度から、田丸の帰国を耳にした時点でこうなることを想定していたらしいと知る。あらゆる可能性を考え、ひとつひとつ潰していくとはこういうことなのだ、と。

これも組のトップとしての役目というならやくざの組長はあまりに重労働だ、と思うが、そうではないから木島組は特異だと評されるのだろう。

他組織から敵視されるのも仕方がない。メディアですら、木島組を扱う際には「経済ヤクザ」「エリート」「インテリ」と枕詞《まくらことば》を必ずと言っていいほどつけるのだから。

つらつらと、どうでもいいことを考えているうちに品川のマンションに到着する。

結局、自分の車は警備員に預けて久遠の車に同乗した。楽だからなんてのんきな理由で辞退できるような雰囲気ではなかったし、和孝自身、すでにそんな気持ちも失《う》せていた。

マンションの前で見送る沢木はいつもどおりだ。

年下の沢木のこういう態度を見せられると、きっと自分は根性も危機感も足りないのだろうと反省せずにはいられない。

黙礼する沢木を横目に、久遠のあとからマンションへ入る。広尾《ひろお》に比べればまだマシと言えるが、自分にとっては十分に高級マンションで、さっそく脳内で家賃の予想をしつつエレベーターで最上階へ向かった。

「1LDKだっけ？」

確認の意味で問う。

「ああ」

無駄に部屋数が多くなくてよかった……なんて、いちいち安心材料を挙げようとしている自分に眉《まゆ》を寄せた和孝は、思い切って本題に入る。

「で？　家賃はいくら——」

面倒な物件探しと天秤《てんびん》にかけ、できれば久遠から借りたいという思いが強かったせいで後回しにしてしまったが、本来なら真っ先に確認しておくべき事柄だった。

エレベーターを降りた久遠のあとについて廊下を歩いていく。鍵《かぎ》を開ける段階になってまた、角部屋かよ、と心中でこぼした。

「いくらだったたか。知人の厚意で一年分の先払いにしてもらったからな」

「あ……そう」

他になんと返事をすればいいというのだ。

今日日《きょうび》やくざに部屋を貸すオーナーはいなくとも、一年分先払いとなれば見て見ぬふりをしたくなる気持ちも理解できる。いや、知人という時点でオーナーにしても同じ穴の狢《むじな》と考えるのが妥当だろう。

「どうせほとんど使ってなかったし、とりあえず先払いした分の家賃は気にしなくていい」

使っていなかったという言葉は事実のようで、室内の空気はひやりと乾いていて生活感をまるで感じさせなかった。玄関に埃《ほこり》が溜まっていないところをみると、清掃は定期的に入っているようだ。

「気にしなくていいって言われても」

大人のけじめとして家賃は払う、と直前までそのつもりでいたものの、ここにきて気が変わる。家賃を先払いしていながら遊んでいる部屋なら、誰かが住んだほうがいいはずだ、ともっともらしい言い訳ができたおかげだ。

せっかくいい部屋なのに、もったいない。

久遠がドアを開け、部屋を見せる。リビングダイニングにはソファとテーブルがあるだけで、ひどく殺風景だった。

寝室にはベッドがひとつ。

両部屋とも十畳ほどあり、ひとりで住むには十分すぎる広さだ。

キッチンも相当の広さがあり、それが一番ありがたかった。一般の単身者よりずいぶん多い調理器具も、これならすべておさまる。未使用らしいピカピカのシンクも広々として、使い勝手がよさそうだ。

「どうだ？」

久遠の問いかけに、

「どうもこうも」

と返す。

「……じゃあ、しばらく家賃は甘えることにする。でも、そのあとはちゃんと払うから」

いままでの自分であれば、固辞していたところだ。いまは、まあいいか、というのが本音だった。意地を張るのも大事だが、頼れる部分は頼ったほうがよほど物事がスムーズに運ぶと、二十七歳にもなってようやく気づいたというわけだ。

「でも、平気？　借り手とちがう人間が住んでも許可してくれるかな」

「許可はとった」

「え……なんて言ったんだ？」

早い。という以前に、自分のことをどう説明したのか、そちらが気になる。

久遠の返答は簡潔だった。

「身内を住まわせる」

「…………」

妙な心地になり、心中で久遠の言葉をくり返してみた。

身内を住まわせる、か。身内と言ったからには、先方は家族と思ったはずだ。

和孝にとって家族と呼べるのは弟の孝弘《たかひろ》くらいだが、傍にいて安心できるとか、誰より近しい存在とか、大切だとか、そういうものが家族であるなら、間違いなく久遠も当てはまる。

と、照れくささを覚えつつそう思ったとき、はたと気づいた。

「もしかして、そのひと、俺のこと組員と思ったんじゃない？」

甘い気分が台無しだ。久遠の場合、その可能性は大いにある。

「そのうち会う機会があるだろう」

会えば誤解が解けるとでも？

「もし会わなかったらどうするんだよ」

久遠は肩をすくめただけで、和孝の質問を聞き流す。そのときはあきらめろとでも言いたげな態度に、和孝は小さく唸《うな》った。

「最悪。やだよ、俺。やくざに間違われたままなんて」

いくら久遠の知人で物分かりのいいオーナーであろうと、やくざの子分と勘違いされるのは不本意だ。

「最悪か。言ってくれるな」

「何度でも言う。最悪」

くり返したあとで、急におかしくなって吹き出す。これほど趣味の悪いジョークはないだろう。

最悪と言いながら、その最悪のやくざに惚《ほ》れているなんて滑稽《こっけい》そのもの。第三者の一般人から見れば、やくざもやくざのイロもどっちもどっちだ。

「高山《たかやま》って刑事に、イロだって言われた」

久遠は驚かない。和孝はがらんとした部屋でもっとも存在感を放っている大きなソファへ腰かけると、言葉を繋げていった。

「俺さ、じつはちょっとどきっとしたんだよな。そうか、傍《はた》から見たら、俺はやくざのイロなのかって」

普通なら「恋人」とか「彼氏」とか、そういう表現になるのに、相手がやくざならもれなく「イロ」と呼ばれるのかと、その事実は和孝にとってけっして小さくない衝撃だった。

「そっちの人たちもそういう認識なんだろうね」

上総や沢木がどう思っているのかは知らない。これまでなにも聞かずにきたし、ふたりからもそれについて特になかった。おかげであやふやな立場のまま、自由にやってこられた。

唯一、下世話な反応をしたのは三島だったが、本来ならあれが正しかったのかもしれないと、いまさらながらに自身の立場を理解したのだ。

「さあな」

久遠は一言で片づける。その後、

「不満か？」

冷蔵庫から缶ビールを取り出す傍らそう聞いてきた。

缶ビールを受け取った和孝は、それには答えず、ビールも開けずに話を続けていく。

「事情聴取のこと、聞かないんだ？」

警察に呼ばれたと伝えた際に、「そのままを答えればいい」と言ったきりで、どうだったか、なにを話したのか、確認してくることはなかった。

「話したければ話せばいい」

いまもこれだ。よほどの事態でもない限り、久遠がなにかを強《し》いてくることはない。過去に強要されたのはおそらく片手でも余るほどで、そうする必要があったときに限られる。

「どっちでも構わないってこと？」

そろそろ久遠の考えを聞いておこうと、上目を向けた。こちらは真剣そのものだったのに、肩すかしの返答があった。

「おまえは、俺の部下じゃないだろう？」

「え……まあ、そうだけど」

似たような台詞《せりふ》を以前も聞いた。そのときはしっくりきたし、気恥ずかしさも多少感じたが、それは過去の話だ。

「イロってイメージのとおり不安定な立場だよなって、ふと思っただけ。だってさ、もし久遠さんがまったく思い出さなかった場合、俺、いまここにいる？」

周りからいくら説明されようとも、よしんば本人が望もうとも、どうにもならないのがひとの感情だ。

缶ビールを右手から左手に持ち替えると、プルタブを開け、一口飲む。やけに苦く感じるのは、自分がばかなことを口走っているという自覚があるせいだろう。

それなのにどうしてこんなことを久遠に話すのかといえば、きっかけはおそらくあれだ。田丸の発した一言。

──謙遜しなくてもいい。俺はきみに興味津々だ。正確に言えば、きみの純情に？

──純情だろ？　何度も怖い目に遭ってるのに、元凶の傍を離れないんだから。

久遠の傍にいると決めた以上、なにがあろうとその気持ちは変わらない。自分で考え抜いて出した答えを簡単に覆せるなら、いま、自分がここにいる理由すらも意味をなさなくなる。

「……なんだ」

和孝は、あのとき抱いた違和感の正体に気づく。自分では必死の覚悟を純情なんて甘ったるい一言で片づけられたことが引っかかったようだ。

おかしなことに慰めのニュアンスすら感じてしまった。

だが、田丸の言ったとおりだ。

決心だ覚悟だ意志だと強い言葉を並べてみたところで、本《もと》を糾《ただ》せば惚れたはれたの話でしかない。それに、物騒な単語よりも、純情のほうがずっとマシだ。

「なにかと思えば」

呆れているのだろう、くっと久遠が喉で笑う。仮定の話に意味はないと言われるのはわかっているので、和孝は久遠の返答をさえぎった。

「自己解決したからもういい。イロって言い方が気にくわなかっただけだし」

田丸との会話の中身は意図的に話さなかった。

傷の舐《な》め合いなんてごめんだ、と頭の中の田丸を消し去った。

「イロはさておき、この場にいるかどうかの話なら、いるんじゃないか？」

隣に座った久遠の横顔を窺う。

久遠は前を向いたまま、さらにこう言った。

「俺は案外、直感や本能的なものを信じているしな」

もともと感情に左右されやすい自分とはちがい、久遠自身は目的を定めてその都度最善策をとっていくタイプだ。

ひとつのミスが招く事態の大きさを熟知しているからで、組のトップとしてみなの人生を背負っているというのもあるだろう。

「それって、俺の？　それともまさか久遠さんのほう？」

聞いてはみたものの、じつのところ後者は考えにくい。自分のなかの久遠と、直感や本能はもっともイメージがかけ離れている。

「俺のほうだ」

だが、久遠の返事はそのまさかだった。

「え、でも」

戸惑う和孝に、缶ビールをテーブルに置いた久遠が一度視線を投げかけてきた。

「今後の話をしていいか」

「え……あ、うん」

久遠からこういう話をしてくるのはめずらしい。こちらが聞いても、教えてくれるのはせいぜい上っ面のみで、肝心のことになると口を噤《つぐ》み通すのが常だった。

もちろん久遠なりの気遣いであり、判断だとわかっている。なにかあったときに、和孝自身が「知らない」で通せるというメリットもある。

「その前にひとつ確認したいんだけど」

和孝は久遠を見たまま、問う。

「この先記憶が戻ったとして、あのときは普通の状態じゃなかったからって撤回する可能性もある？」

自分にとっては重要なことだ。知ってしまえばもうごまかしは利かないという、牽制でもあった。

「もしそうなら――」

ふいに久遠の手が頭にのった。くしゃりと髪を乱す触り方はこれまでとなんら変わらず、和孝は胸を熱くする。

「心配しなくていい。言ったろう？　計算はなしだ」

「……直感、本能？」

久遠が唇を左右に引く。

「直感、本能、欲望だな」

「直感、本能、欲望」

その言葉を自分でもくり返した和孝は、悪くないとほほ笑んだ。

久遠も同じだということだ。もし自分だったなら、直感、本能、純情と言ったかもしれないが。

缶ビールをテーブルに置いた和孝は、正面から久遠に向き直り、背筋を伸ばした。

「今後の話、聞かせて」

頬《ほお》を引き締め、久遠の言葉を待つ。

久遠は、これまでと同じトーンで淡々と話をし始めた。

「おそらく不動清和会は割れる。仮に俺が退いたとしても、一度入った亀裂《きれつ》をもとに戻すのは難しい。三島さんは木島組を利用するだけ利用して、最終的には潰すつもりだ。これまで我関せずを貫いていたのは、材料が揃《そろ》うのを待っていたんだろう」

ごくりと喉が鳴った。

相槌《あいづち》すら打てず、緊張からぎゅっとこぶしを握る。

「三島さんが坊を呼び寄せた以上、こっちも時間をかけていられなくなった」

「…………」

話の腰を折るのが憚《はばか》られ、五代目、と心中で呟《つぶや》く。

早くてっぺんをとってほしいと言ったあの言葉は本心からだったけれど、未来の話だった。

久遠自身、数年後を考えていただろう。いまのは、だからこその言葉だろう。

「会内は荒れる。警察もなにかと絡んでくるはずだ。そうなると、おまえも、おまえの店もやり玉に挙がるのは避けられなくなる」

一言一句聞き漏らさないよう、耳を傾ける。それと同時に、久遠の言葉を自分なりに熟考した。

「やり玉ってことは、拉致はされないって意味？」

みなの注目が集まっているぶん、危険は少ないと久遠は言った。自分を人質にとろうとするなら、木島組、津守綜合警備保障、警察、不動清和内外の組の目をかいくぐる必要があると。

「田丸の失態は、明日にはみなの知るところになる。同じ轍《てつ》を踏みたくないと誰もが慎重になるだろう」

そういうことかと合点《がてん》がいった。

久遠が、どうしても田丸を手中にしたかった理由だ。

三代目の嫡子は木島組の罠《わな》にまんまとはめられるために帰国したようなものだ、と先刻の出来事が裏社会や警察に一気に知れ渡ることによって、今後、誰もが軽率な真似《まね》はできなくなった。田丸の失態はそういう意味を持つのだ。

「わかった」

こういうところも記憶があるかどうかは関係ないのだと思う。

久遠は久遠だ。

「なら、俺はこれまでどおり店を開けるし、月の雫《しずく》のことも、進めていくから」

自分は料理人の端くれで、それが仕事だ。

危険が及ぶ確率が低いなら、やるべきことをやりたい。たとえ、また客足が遠のいたとしても。

「それでいい」

反対されるかとも思ったものの、杞憂《きゆう》だった。

「で？　いつ越してくる予定だ？」

久遠が首を傾け、覗《のぞ》き込むようにして問うてくる。表情もやわらぎ、「今後の話」は終わったのだとわかった。

「まだ決めてないけど、できるだけ早くにするつもり」

ほっとした和孝はふたたび缶ビールを手にし、口をつけた。

「買い物してくれればよかった。交渉成立のお祝いといきたいけど、ここ、どうせなにもないよな」

久遠にしてもこの部屋に来たのは久しぶりらしいので、冷蔵庫はあっても中身は期待できない。入っていても、ビール以外はミネラルウォーターがせいぜいだろう。

「出るか？」

だが、まさか外食を提案されるとは思わず、驚きに久遠を凝視する。

「え……でも、こんな時間だし」

なにより久遠と外食自体、稀《まれ》だった。

「すぐ近くに、朝までやっている食堂がある」

「そうなんだ」

思わず前のめりになったのは致し方ない。深夜に営業している食堂と聞いて、興味を持つなというほうが無理だ。

「久遠さん、行ったことあるんだよな」

「何度か。店主が先代の旧友で、紹介された」

「先代って、木島さん？　じゃあ、七十くらい？」

「おそらく」

その間にもソファから腰を上げ、ジャンパーを羽織る。仕事柄、長年営まれている食堂に足を運ぶ機会もあるが、どの店も苛烈《かれつ》な飲食業界のなかで生き残ってきただけの美点があり、勉強にもなった。

「早く出よう」

久遠を急《せ》かしたとき、ごとりと鈍い音が耳に届く。なにか落ちたようだと下へ視線を向けると、床の上にスタンガンが転がっていた。

「持ち歩いてるのか？」

久遠がそれを拾い上げる。

「この前、ネットで買って。ほら、ナイフとか持ったら違法だし？」

久遠の手から受け取ったスタンガンをポケットに押し込む。食堂に出かけるのにふさわしくない代物だが、手元に置く癖をつけたかった。

「もしものときは、俺がこれで久遠さんを守ってあげるよ」

「まあ、ほどほどにしてくれ」

外に出ると、ふたりで肩を並べて食堂までの道程を歩く。頬に触れる夜風は冷たく、身が縮こまるほどだったけれど、気分がよく、自然に足取りは軽くなった。

十分足らずで目的の食堂に着く。うっかりすると見落としそうなほど小さな看板の食堂の格子戸を久遠が開けた途端、食欲をそそる香ばしい匂《にお》いとともに、どっと愉《たの》しげな笑い声が聞こえてきた。

促されるまま和孝が先に中へと入る。

四人も座ればいっぱいになるカウンター席と、小さなテーブル席が三つ。壁には、店主の手書きだろうメニューと、ビールのポスターが貼《は》りつけてあった。

幸いにもテーブル席がひとつ空いていて、脱いだジャンパーを椅子にかけてから久遠と向かい合って座った。

「これはまためずらしいお客さんが来なはった」

割烹着《かっぽうぎ》を身につけた女性が水の入ったグラスを手にしてやってくる。女将《おかみ》と呼ばれたところをみると、どうやら店主の細君らしい。年齢は七十を超えているようだが、きびきびとして割烹着がよく似合っている。

見惚《みと》れているうちにも、久遠が「ご無沙汰《ぶさた》してます」と挨拶をした。

「元気そうで安心しましたよ」

女将の言葉に久遠は礼を言う。そうか、と和孝はいまさらながらに気づいた。店主が木島の旧友なら、久遠が何者であるかも知っているのだ。

その証拠ににこにこと愛想よくしつつも、女将は声をひそめて耳打ちをしてきた。

「あまりこの御仁に深入りしいひんようにな」

聞こえたはずの久遠がそ知らぬ顔をしているので、曖昧な笑みでごまかす以外にない。やくざになるなと言いたかったのか、それともやくざとつき合わないほうがいいという意味か知らないが、後者であれば手遅れだ。

「お決まりですか」

女将もしれっとして注文をとり始めたので、和孝も手書きのメニューを見上げた。

「久遠さんのお勧めは？」

「肉野菜炒《いた》めだな」

「じゃあ、肉野菜炒めとだし巻き卵。あ、お造り頼んでいい？」

二人前になっていたので久遠の了承を得て、それも頼み、最後にビールふたつとつけ加える。

「あ、小皿もお願いします」

女将が離れていくのを待って、周囲を窺ってから小声で話しかけた。

「俺のこと、組員には見えなかったってことだよな。まあ、見えないか」

だからこその、深入りするなとの忠告だろう。

自身の格好を見下ろす。スーツ姿の久遠に対して、Vネックのニットにチノパンとカジュアルな服装だ。沢木を含めて組員たちは、みなスーツを身に着けている。

「衣服は関係ないと思うが」

「なら、雰囲気ってこと？」

確かにそうかもしれない。普通ならば経験しなくていいことを経験してきたとはいえ、組員にとってはそれが日常茶飯事だ。

仕事に命をかけるとよく耳にする言葉も、彼らの世界では比喩《ひゆ》でもなんでもなく、文字どおりの意味を持つ。

「なんだか俺って、おかしな立場だよな。あっちとこっちの狭間《はざま》でふらふらしてて、どっちつかずっていうか」

やくざではないが、一般人とも言い難い。男の自分はこの先も姐《あね》になる可能性はないため、ずっとこのままだ。

「考えてみたら、どっちでもないってすごくない？」

運ばれてきたビールに口をつける。お通しは大根と蛸《たこ》の煮付けだ。まもなくお造りと肉野菜炒めも置かれ、深夜にもかかわらず腹の虫が鳴った。

「だって、なかなかいないでしょ」

いつもに比べて今夜は多弁だと自分で気づいている。久遠が今後の話をしてくれたことの影響だ。

「そうかもな」

「だろ？」

自画自賛しつつ、久遠お勧めの肉野菜炒めに箸《はし》を伸ばす。

「あ、ほんとだ。うまい。野菜しゃきしゃきで、肉がやわらかくて――ちょっと味噌《みそ》入ってるんだ」

火加減が絶妙なのだろう。シンプルな料理ほどほんのわずかな加減で大きな差が出る。

「俺も作ってみるから、久遠さん味見な。うまくできたら賄いでも出す」

「毒味役か」

くすりと笑った久遠に、そうだよと返した。

「ふたりにまずいものは出せないからね」

ここ最近いろいろあったというのを差し引いても、これほどリラックスし、なんの気兼ねもなく外食を愉しめたのは久々――いや、初めてかもしれない。浮かれていると自覚しているものの、今夜くらいは許されるだろう。

「好きにしてくれ」

なにしろそう言った久遠の表情もどこか穏やかで、肩の力が抜けて見えるのだから。

「そうする」

今後のことはさておき、いまこの瞬間、和孝はふたりの時間を心ゆくまで愉しんでいた。

# 5

デスクの上で震えだした携帯へ視線をやった久遠《くどう》は、かけてきた相手を知ってすぐには出ず、数秒待ってから手にとった。

『遅《おせ》え』

案の定の声を聞いて、お疲れ様ですと返したが、どうやら気に入らなかったようだ。

『用件はわかってるんだろ？』

ふんっと、不機嫌さを隠さず三島《みしま》は鼻を鳴らした。

「どの用件でしょう」

『心当たりがないって？』

忌《い》ま忌《い》ましげな問いかけには、いえ、と返した。

「心当たりがいくつもあるので」

先日の呼び出しの件を含めて、と続ける。無論、三島がなにに苛《いら》ついているのかは承知していた。

『坊だよ、坊』

田丸《たまる》を自身のもとでかくまっていたと白状するからには、もはや敵意を隠す気すらなくなったらしい。

『おまえが拉致《らち》ったんだろ？　坊を返してくれねえか。俺の客人だ』

問題なのは、強引に帰国させてまで田丸になにをさせようとしていたのか、だ。

「拉致とは人聞きが悪いですね。俺は、家に送り届けただけです」

『家？』

「ええ。稲田《いなだ》組に」

三代目とは言わずに稲田組の名を出したのは、そのままの意だった。実際、久遠が田丸を連れていった先は実家である田丸家ではなく、稲田組の鈴屋《すずや》のもとだった。

意図はいくつかある。

田丸にとってはどちらであろうと同じでも、木島《きじま》組にはそのほうが都合がいい。田丸の姿を複数人に確認させることによって、三島の足止めになる。

もうひとつ。こちらも重要だ。

以前の自分はどうであろうと、いまは、多少でも斉藤《さいとう》組と繋《つな》がりがあった者を信用する気にはなれなかった。

それがたとえ三代目相手だとしても、慎重になる必要がある。

『おまえ……本気か？』

どうやら三島の意表を突くことには成功したようだ。

驚きと、怒りを込めて低く問われた久遠は、

「なぜですか」

空惚《そらとぼ》けてみせる。

「縁を切ったといっても、三代目とは親子ですから。稲田組に任せるのは当然だと思いますが」

『三代目なんかに預けちまったら、もう坊は向こうへ渡れなくなるぞ。一生監禁されるはめになったとしても、俺は驚かねえ』

そうなるかもしれないし、ならないかもしれない。決めるのは稲田組だ。確かに白朗《バイラン》と引き離したいのならこの機を逃さないだろう。

「それなら、三島さんはどうして彼の帰国を手引きしたんですか？」

携帯の向こうに疑問を投げかける。

『……はあ？』

手引きという言い方が気に入らなかったのか、あからさまに不服げな声が返ってきた。久遠にしても故意に使ったのだから、この反応は想定内だ。

『おまえ、まさか俺がなにか企《たくら》んでるとでも言いたいのか？』

返答せずに、三島の言葉を待つ。後ろ暗いところがある人間ほど無駄に多弁になるものだ。

『不愉快な野郎だな。てめえ、俺に意見する気か？　俺は、白朗が黙っちゃいないと言いたかっただけだ』

「いまの白朗には、日本にいる田丸に構う余裕はないでしょう」

『だとしてもだ。鈴屋は心中穏やかじゃないだろ。若頭の中林《なかばやし》は、慧一《けいいち》派だよな。ひと悶着《もんちゃく》起こるんじゃないか』

　この一言は流せない。三島が稲田組を軽《かろ》んじていると白状したも同然なのだ。三代目勇退の後、鈴屋が跡目を継いだことで三島にとって稲田組は重要ではなくなったとも受け取れる。

　鈴屋を甘く見すぎだと思ったものの、それを進言するほど善人ではない。勘違いして軽んじるなら、そうすればいいだけのこと。

『まあ、坊のことについては、いまおまえを責めてもしようがない』

　ちっと舌打ちが耳に届く。

『自分の家に戻ったというなら、あとは三代目に任せるさ』

　言葉とは裏腹に、腸《はらわた》が煮えくり返っているのは強い語気で明白だった。

　三島が斉藤組のシマをあきらめたとは考えにくい。虎視眈々《こしたんたん》と狙《ねら》っているはずだし、あわよくばそれに絡めて木島組をやり玉に挙げる企てもあるだろう。

　案の定、

『そういや、近々発表したいことがあるから、みなを集めるつもりだ』

三島は昂揚《こうよう》のためか微《かす》かに語尾を上擦らせた。

「やけにもったいぶった言い方ですね」

どうせ口を割るはずがないと承知で水を向ける。

『みなの前で言う。愉《たの》しみにしてるんだな』

それには答えなかった三島だが、さっきまでの不機嫌さはすっかり消え、なにを想像したのか声は弾んでいた。

田丸を切り札にするつもりかと思えば、他にあるようだ。

やはりそう簡単にはいかないらしい。

電話を終えた久遠は、三島の切り札はなんだろうかと思案する。いくつか頭の中で挙げてみたが、どれも決め手に欠けた。

「坊を帰国させた真意ははぐらかしたか」

もっともこれと確信が持てないのは致し方がない。ここぞというときまで隠し通してこその切り札だ。

首を左右に傾けながら、一度頭の中をまっさらな状態にした。

陣取りゲームもお山の大将も正直どうでもいい。ふとした瞬間、全部投げ出したくなるのは、記憶の大半を失ったままだからなのか、それとももともと自分はそうだったのか。

はっきりするとしたらすべての記憶が戻ったときだろうが、そのときが以前とまったく同じだとも限らなかった。

——いますぐ、俺と行こう。

ふと、脳の奥底から新芽が吹いたかのようにその情景が現れた。

こちらに向かって手を伸ばしてくるのは、和孝《かずたか》だ。やけに切羽詰まった表情からは覚悟のほどが伝わってくる。

これが記憶であっても現実逃避が見せる願望であっても同じだ。

ひとり船を降りるわけにはいかないのだから、いまは和孝の手を摑《つか》んでこちらへ引き戻す以外なかった。

腕時計に目をやった久遠は、ソファから腰を上げて部屋を出る。エレベーターで階下に降り、外へ出るとすでにそこでは沢木《さわき》が待機していて、すぐさまこうべを垂れた。

「お疲れ様です!」

沢木の開けたドアから後部座席へ身体《からだ》を入れる。走りだした車の中で、久遠はまだ身体の奥底にくすぶったままの復讐《ふくしゅう》心と向き合った。

両親を死に追いやった男はすでにこの世にはいないという。三島が裏で手を回したと聞いただけで、植草《うえくさ》がどういう最期《さいご》だったのか自分は見届けていないらしいが、どんな心境でその事実を受け止めたのか、いまとなっては判然としなかった。

喜んだのか。それともよけいな真似《まね》をしたと三島に憤慨したか。

なにも感じなかったのか。

忘れてしまっているだけに、中途半端な不快感だけが残った。

もっとも納得し、呑《の》み込んだからいまもこの世界に身を置き続けているのだろう。一、二ヵ月に一度だった墓参がいまや命日のみになっていると、つい最近沢木から知らされた事実がそれを証明していた。

月命日が近いことを理由に花と線香の手配を頼んだ際、ご両親のですか、と意外そうな顔をした沢木を思い出した久遠は、親不孝だなと自嘲《じちょう》した。

冬支度の街を眺め、車中で数十分ほど過ごす。都会の風景はいつしか長閑《のどか》な町並みへと変わっていて、曇天のなか、さらに数分がたつと目的地に到着した。

高台にある霊園だ。両親の葬儀や書類上の手続きは木島が面倒を見てくれた。見晴らしがいいという理由でこの地に墓を用意してくれたのも、木島だ。

その木島は何年も前に鬼籍に入り、故郷広島の地で眠っていると上総《かずさ》から聞かされたときが、一連の件においてもっとも苛立《いらだ》ちを覚えた瞬間かもしれない。

木島はどうやって逝《い》ったのか、思い出そうとしても当然なにも思い出せず、自分ができるのは仏壇に向かって手を合わせることだけだった。

――思い残すことはないとおっしゃってましたよ。

上総から聞かされたあの言葉が事実だと願うばかりだ。

墓地の駐車場で車が停《と》まる。降車した久遠は、沢木の用意した線香と花を手にして、なだらかなカーブを描く小道を歩いた。

途中本堂へ立ち寄り、住職に挨拶《あいさつ》をすませ、水場で手桶《ておけ》を用意してから階段を上がっていく。見晴らしのいい墓地は隅々まで手入れが行き届き、冬場の冷えた空気が清浄に感じられた。

久遠家之《の》墓の近くまできたとき、久遠はそれに気づく。最近誰かが参ったのか白い菊が風に揺らめいているのが目に入った。

いったい誰が。

命日ならまだしも、心当たりはない。

怪訝《けげん》に思った久遠に答えたのは沢木だ。

「たぶん、柚木《ゆぎ》です」

供えてある和菓子を指差す。

「これ、店の――Paper Moon《ペーパームーン》の近くにある店の菓子です」

そうか、と一言沢木に返した久遠は持参した花を菊と一緒に入れると、ライターで線香に火をつける。その場にしゃがんで数秒ほど手を合わせてすぐに腰を上げ、コートをひるがえして来た道を戻った。

「あの」

背後をついてきながら、唐突に沢木が口を開く。肩越しに促すと、ひどく言いにくそうに何度か躊躇《ためら》いを見せてから切り出してきた。

「頭から、親父《おやじ》の記憶が少し戻ったと聞きました」

声音には微かな期待が感じられる。一方で、期待すまいという努力も伝わってきた。

「ああ」

肯定した久遠に、息を呑む気配が伝わってくる。

「それは……どの……」

沢木が言いあぐねるわけに、久遠は気づいていた。

「おまえがどうやってうちの組に入ったのか、俺といつどこで顔を合わせたのか、残念だが思い出せない」

「あ……いや、俺のことは……。ただ、少しずつでも思い出されているなら、そのうちきっと記憶をすべて取り戻せるんじゃないかと」

落胆しているはずなのに、それを見せまいと言葉を重ねる。口下手な沢木の精一杯の気遣いに、自然に口許《くちもと》が綻《ほころ》んだ。

「だが、ひとつ思い出した。春だったか。俺はおまえに息子になるかと聞いただろう?」

「……え」

小さく声を上げたかと思うと、沢木は急いで前へと回ってくる。

「は、はい。それで、俺は……」

「『なれるんっすか』だったか」

ふっと笑うと、途端に沢木の顔がくしゃりと歪《ゆが》む。

「そ、そうっす」

それだけ答えて俯《うつむ》き、肩を震わせる様を前にして、だからかとようやく合点《がてん》がいったような心地だった。

頻繁だった墓参りの回数が減り、一年に一度、命日のみになっていたこと。組や組員が中心になり、両親を死に追いやった黒幕を探すという目的がいつしか二の次になっていたこと。結局三島の手を借りるはめになったこと。

ようするに、沢木はもとより自身の肩にのった者の人生の重さが大事になった、それだけの話だったのだ。

「ひと雨くる前に戻るぞ」

その一言で沢木の肩に一度手を置き、久遠は足を踏み出す。

背後からときどき聞こえる、鼻をすする音には気づかないふりをして小道を戻りながら、灰色の空を見上げた久遠の頭に浮かんでいたのは、男にしては整いすぎているほどに綺麗《きれい》な顔だった。

同じ頃。

スーパーに吸い込まれていく多くの買い物客のなかに、柚木和孝の姿もあった。緊張感が増している状況で、普段と変わらない生活を送っているのは肝が据わっているからか、それとも単に楽観的なのか。

ただでさえ擦れ違う者が振り返るほど目立つ容姿であるだけに、馴染《なじ》みの店員とたまに言葉を交わす様は周囲の目を惹《ひ》いているが、今回ばかりはそれが彼にとってよい結果となっているのは間違いない。

こんな状況では、誰ひとり彼に手を出せない。たとえよからぬことを考えている輩《やから》がいたとしても、実行できる状況にはなかった。

なにしろ現在の柚木には、目黒《めぐろ》署の刑事までもが目を光らせている状況だ。

テレビドラマさながらに、年配の刑事と若い刑事のコンビがまるで偶然通りかかったとでも言いたげにスーパーの前に来たのは三分ほど前。そろそろ彼らも去っていくだろうと思われた頃、目の前を一台の車が通り過ぎた。

年配の刑事――高山《たかやま》は突如方向転換すると、先ほどの車が入っていったスーパーの駐車場へと歩いていった。

歩み寄り、窓ガラスをコンコンと叩《たた》く。数秒後、窓から顔を覗《のぞ》かせた男は高山とどうやら面識があるようだった。

「また妙なところで。横浜からわざわざ都内までお使いかな？」

高山よりはずいぶん若い三十前後らしき男は苦い顔をする。

「別に、どこで買い物しようと俺の勝手じゃないんっすか？」

不満げに答えたが、どうせ高山は信じないだろう。疑うのが刑事の仕事だ。

「確かに」

相棒の若い刑事が終始緊張しているなか、高山はその一言であっさり引き下がる。

「まあ、この近辺で揉《も》め事《ごと》は起こさんでくれよ。ましてや一般人を巻き込むような事態になればどうなるか、いまさら俺が忠告するまでもないだろ？　なにしろ、あの別嬪《べっぴん》さんはえらい人気者だからなあ」

高山の視線が他方へ流れる。そちらにいるのはおそらく木島組の組員。当然、傍《そば》には民間の警護もついているはずだった。

高山が人気者と笑うのも頷《うなず》ける。

警備員にやくざに刑事。

いまや柚木は最重要人物だ。

事実、この後もし抗争になるような事態になった場合、柚木の存在はけっして軽視できないと考えているのは高山のみではないだろう。

「男にしておくにはもったいないほどの器量だよなあ。久遠が入れ込むのもわかる」

ここで久遠の名前を出したのは、なんらかの意図があってのことにちがいない。ふっという笑い声を最後に、高山が車から離れる。

一応釘《くぎ》を刺したとはいえ、他の組のシマまで入り込んでいるやくざ相手にはずいぶん生ぬるい対応だが、たとえ彼らに目的があるにしてもこの状況で行動に出るほど愚かではないはずだった。

窓が閉まるとすぐに車はエンジンを吹かし、駐車場から去っていく。刑事たちも何事もなかったかのように自動販売機で缶コーヒーを買うと、運転席と助手席に分かれて車へ乗り込んだ。

「いいんですか？」

若い相棒が不安げに問う。

「いまはな」

助手席に座るや否やさっそく缶コーヒーに口をつけた高山が、吊《つ》るしのスーツの肩をすくめた。

大方食料品をたっぷり買い込んでいるのだろう、柚木はまだスーパーの中だ。

缶コーヒーを飲み終わるまで駐車場に留《とど》まっていた刑事たちの車は、数分後、ゆっくりと動きだし、その場をあとにした。

スーパーで仕入れた食材を両手に抱えた和孝は、後部座席にそれらを積み込むと、自宅とは別の方向へ車を走らせる。

いつまで待ってもいっこうに店へ来てくれない冴島《さえじま》に痺《しび》れを切らし、宮原《みやはら》を誘って、こちらから押しかけることにしたのだ。

三日前に思い立ち、電話をした際、冴島の返答は「忙しいんだろうにわざわざ」とやや呆《あき》れ口調だった。もちろんそれが、冴島なりの気遣いだとわかっている。「忙しい」と冴島が言ったのは、店のことばかりではないと。

——そうですね。ありがたいことに忙しくさせてもらってますけど、だからこそ冴島先生にうまいって言わせたいんです。

それゆえ和孝もなにげなさを装い、そう返したが、内心は少々ちがう。できるときにやっておかなければ、この先も同じ日常が続く保証はないと思っているのだ。

仮にまた客が離れたり、最悪店を休まなければならない状況になったりしたとしても、冴島を始め友人たちに料理を振る舞うことはできる。でも、さらにその先を和孝は想定せずにはいられなかった。

周囲と距離をとらなければならなくなったら？　身を隠す必要に迫られたら？

そうなった場合、冴島先生に食べてもらいたかったと自分は必ず思うだろう。だから、いまなのだ。

冴島診療所の周辺には長閑な風景が広がっている。

古くからの住宅地に住む人たちはみな顔見知りで、「○○さんの息子さん、第一志望に合格したよ」とおめでたい話のみならず、「◇◇さんの旦那《だんな》さん、昨日酔っぱらって外で寝てたんだって」とか「××さんち、昨日の夫婦喧嘩《げんか》はすごかったわね～」という話まで一気に広まり、誰もプライバシーの侵害なんて怒る者はいない。

世話になっていた数ヵ月間、幾度となくその手の話を耳にしたし、冴島先生のところの居《い》候《そうろう》として和孝自身あれこれ質問責めにされたことが何度もあった。

まさに昭和の原風景だ。

当時は面食らったこともあるが、いまとなっては懐かしい。突然やってきた見知らぬ居候に親しく接してくれた人たちに対して、感謝もあった。

広場に車を駐《と》めると、そこから先は徒歩で診療所へ向かう。診療所の前の道は狭く、駐車スペースもないので車でやってくる客や患者たちはみなそこを使うのだ。

午後五時五十分。

本来ならそろそろ診療時間が終わる頃だが、今日はどうだろう。患者が来ると診療時間外であっても受け入れるため、食事を中断することもままあった。

鄙《ひな》びた門を通り抜け、和孝が訪ねていったとき、すでに宮原は来ていて玄関で迎え入れてくれた。

「いらっしゃい。わ。すごい荷物だね」

荷物を受け取り、中へと運んでくれる宮原のやわらかな笑みと落ち着いた口調には、一瞬にして心が凪《な》ぐ。

「お邪魔します」

三和土《たたき》でスニーカーを脱いだ和孝は、古い木と消毒薬の混じった匂《にお》いを嗅《か》ぎながら、声の聞こえてくる診療所を指差した。

「先生は、まだ仕事中ですか？」

やっぱりだ。

苦笑しつつ問うと、宮原が頷いた。

「でも、今日はもう終わりそうだよ」

「あとから来られても、受けちゃいますけどね」

「だね～」

そんな会話をしつつ居間へと移動する。勝手知ったる台所に立った和孝は、後ろから興味深げに覗いてくる宮原と話をしながらさっそく食事の支度にとりかかった。

「僕まで誘ってくれて、ありがとう」

宮原の言葉に、かぶりを振る。

「礼を言うのはこっちですよ。俺だけだと絶対断られてましたから。あの爺《じい》さん、素直じゃないいんです。いくら誘っても店に来てくれないし」

――そこまで出るのが億劫《おっくう》でなあ。

――俺が車で迎えに行くって言ってるじゃないですか。

――暇になったらな。おっと、いかん。急患らしい。

休診日を選んで電話をかけても、同様のやりとりを何度したか。

「先生、柚木くんのこと孫同然に思ってるから、きっと照れくさいんだね」

そう言われると、こちらまで照れくさくなる。もちろん冴島の心遣いが伝わってくるからだった。

自分にしても、冴島は祖父同然だ。もともと父方の祖父母とは疎遠だったたし、母は早くに亡くなったのでこちらも何度か顔を合わせただけの関係だったため、和孝自身、冴島に対して誰より親近感を覚えている。

「まったくおまえときたら」「少しは頭を冷やして考えろ」「ばかもの」そんな小言を言っ

てくれる相手は冴島ひとりなのだ。

自分が料理の道に進んだのも、冴島の影響が大きいと思っている。もっともこちらに関しては、血筋と言った久遠の言葉も否定するつもりはないが。

「わ〜、柚木くん。すごい包丁さばき。魔法みたいだね」

宮原が手を叩く。

「大げさですって」

金目鯛《きんめだい》をさばきながら苦笑した和孝だが、そういえば宮原は料理はからっきしだったことを思い出した。唯一できる料理がサンドイッチで、一度ご相伴にあずかったのはサンドイッチ用のパンにハムとチーズを挟んだだけのものだった。宮原のお眼鏡にかなっただけあって、ハムとチーズは絶品で、驚くほどおいしかったのをよく憶《おぼ》えている。

「ぜんぜん大げさじゃないよ。昔は料理しない仲間だったのに、いつの間にかこんなに立派になって——柚木くん、えらいね」

宮原の言い方がおかしくて、思わず吹き出しそうになった。

「あー……でしたね」

BM《ビーエム》に勤めていた頃は料理をするなんて考えもしなかった。いや、一度だけある。聡《さとし》と一緒にカレーを作った。

やけに水っぽくてお世辞にもうまくできたとは言えなかったそれを、聡はおいしいと何度も言って笑ってお替わりしていた。

「最近、聡から連絡来ました？」

和孝が聡に連絡をとったのは、孝弘《たかひろ》の家庭教師を頼んだときだった。それをきっかけにもっと電話やメールをしたい気持ちはあったけれど、ちゃんとした人間になるまではと言った聡の気持ちを思うとそうするのは躊躇われた。

「うん。連絡とってるよ。ほんと、彼頑張り屋だよね。奨学金で大学に通いながらお母さんのお手伝い。どうやらお母さんも落ち着いてるみたいで、うまくいってるって」

「よかった」

そう返したものの、必ずしも言葉どおりではなかった。聡の母親にはどうしたっていい印象は持てない。いつまで聡にしがみつくつもりなのかと思ってしまう。

「大丈夫だよ」

唐突な宮原の言葉は、それに気づいたからだろう。包丁を止めた和孝は、自分でも「大丈夫」と呟《つぶや》いてみる。

「ひとの気持ちって伝染すると思うんだ。きっと聡くんの頑張りは、お母さんにも伝染してる」

「――そっか。そうですね」

和孝が思い浮かべていたのは、父親の顔だ。

孝弘の存在が多少かすがいになっているとはいえ、いまもぎくしゃくしているのは、こちらの心情が伝染しているのかもしれない。

「やれやれ」

片手で肩を揉みながら、作務衣《さむえ》姿の冴島が居間へ入ってくる。

「お疲れ様です」

笑顔で労《ねぎら》う宮原に和孝も倣うと、冴島がちらりと台所を覗いてきた。

「茶も満足に淹《い》れられなかった坊主が成長したものよ」

「う」

恥ずかしい過去を宮原にバラされて、頬《ほお》が熱くなる。ごまかすために唇を尖《とが》らせた和孝は、あえてそっけなく答えた。

「冴島先生に褒められるなんて。明日嵐《あらし》でも来るんじゃないですか?」

予想どおり、呆れた様子でため息をこぼされる。数え切れないほど見てきたその姿を前にして、自然に顔が綻んだ。

不肖の孫としては、いつまでも叱《しか》られる存在でありたかった。

居間で世間話をする宮原と冴島に、時折和孝も口を挟みながら料理を続ける。一時間ほどで出来上がった。

「運びますよ～」

冴島家にある丁寧に作られた和食器は枚数に限りがあるため、それにも合わせて品数を考慮してきた。

魚好きの冴島に合わせて乳白色の大皿に旬《しゅん》の金目鯛を使ったアクアパッツァの和風アレンジをメインに、鴨肉《かもにく》のスープ煮込み慈姑《くわい》添え、ポテトならぬ南瓜《かぼちゃ》サラダと小松菜のソテー、締めは洋梨《ようなし》のシャーベット。

とりあえず冴島の好みを押さえたつもりだ。

「柚木くん！　天才じゃない⁉　あんな短時間でこれ？」

冴島の手も借りてちゃぶ台にところ狭しと並べていくと、宮原が目を輝かせる。

「時間のかかる煮込みは家で作ってきましたから」

荷物が多くなったのは、鴨肉の煮込みを鍋《なべ》ごと持ち込んだためだ。

「そうなんだ！　先生、すごいですよね」

過分な賛辞に尻《しり》がこそばゆくなる。鼻の頭を掻《か》いた和孝は、エプロンを外してちゃぶ台についた。

「まあ、お口に合うといいんですが」

冴島宅にはアルコールを置いていないので、飲み物は冴島が淹れてくれた緑茶だ。

「いただきます」

冴島と毎日同じちゃぶ台でご飯を食べていた時期もあったのに、やけに懐かしく感じられるのは、短い間にいろいろなことがあったからだろう。

「どれ」

小松菜のソテーから箸《はし》をつけた冴島が無言で咀嚼《そしゃく》し、嚥下《えんか》する様子を凝視する。次は鴨と慈姑だ。

心臓がきゅっと縮みそうなほど緊張する和孝に、冴島がひとつ頷いた。さらに取り分けた金目鯛も続けて口に運んだところをみると、とりあえず合格したようだ。

胸を撫《な》で下ろしたとき、

「感動……」

宮原が、吐息をこぼした。

「柚木くんのお店で食べさせてもらってるのとはぜんぜんちがう。これ、和風アレンジなんだね。すごい」

ここへ来てから、いったい何度「すごい」を聞いただろうか。昔から宮原は褒め上手で、その気にさせるのがうまい。

「お口に合ってよかったです」

「合うに決まってる。ねえ、先生」

宮原が冴島に同意を求めた。

果たして冴島はなんと答えるのか。知らず識《し》らず呼吸を止めて待っていた和孝の耳に、なによりの言葉が返ってきた。

「そうだな。自分の店を構えるだけのことはある」

思っていた以上にほっとしたし、嬉《うれ》しかった。同時に、やはり自分の根っこは冴島の味だとあらためて実感する。

「やった」

思わず出た安堵《あんど》の一言に、呆れを含んだ半眼が投げかけられた。

「そういうところだ。仮にもプロなら精進するくらい言えんものか」

「精進します」

懐かしい冴島の檄《げき》にますます頬を緩めた和孝を見て、すんと鼻を鳴らしたのは宮原だ。

「なんだか、じんとしちゃった。最近、涙脆《もろ》くて」

年寄りか、と突っ込まれつつ冴島に渡されたティッシュで目頭を押さえながら、今度はあははと笑いだす。

「すごく愉しい」

本当にそのとおりだ。多少強引にでも実行してよかったと心から思う。

愉しい時間ほどあっという間に過ぎていく。

食後のデザートを食べ、ほうじ茶を飲んでいるときに、ふと思い出したかのように宮原がそのことに触れてきた。

「久遠さんの怪我《けが》、順調みたいでよかった」

　宮原も冴島も久遠を心配していたはずなので、話が出るとわかっていた。身体の怪我の治癒については順調も順調、驚くほどの回復力を見せている一方——問題は脳のほうだ。などとは言えず、ええ、とさりげなく返す。

　心苦しさはあるものの、自分が不用意にぺらぺら喋《しゃべ》るわけにはいかなかった。

「ああ、片づけくらい儂《わし》がやる」

　皿洗いのために立った和孝を冴島が止め、腰を上げる。

「今日は俺が強引に押しかけたんだし、お世話になってるお礼なんで」

　手間をかけさせてしまっては意味がない、と辞退したのに、宮原までもが冴島に同調した。

「いいから、いいから。僕と先生でちゃちゃっとすませるからね。柚木くんはゆっくりしてて」

　押し戻されてしまっては固辞できず、ふたりの厚意に甘えることにした。

「すみません。ありがとうございます」

　和孝は頭を下げ、ちゃぶ台から狭い台所に並んで立つふたりを眺める。

　思えば、これも不思議な縁だ。久遠が冴島と自分を引き合わせ、その縁が宮原とも結びつけた。

あらためて、ふたりに出会えた幸運に感謝する。もしあそこで宮原に会わなかったら、久遠が冴島を紹介してくれなかったら、自分が久遠宅の居候になるほうを選択していたら、そう考えると、現状が奇跡のような気すらしてくる。

「この機会だから言っちゃうけど、柚木くん、くれぐれも注意して」

おそらくタイミングを計って切り出したのだとわかる。皿洗いの傍らのなにげない話のようで、宮原の声音には自分への憂慮がこもっていた。

「はい」

そう答えた和孝に、今度は冴島の肩が上下する。

「まあ、なるようにしかならんのだろうが」

背中を向けたままでも、その表情が想像できた。きっと普段どおりあからさまではないが、思慮深い双眸《そうぼう》にはありったけの情が込められているのだ。

「久遠くんは、高校生の頃からどこか達観したようなところがあった。儂はそれがどうにも心配だったんだが、案の定、こういうことになった。いまでもときどき、木島さんのところじゃなく、儂の家に引き取ればよかったんじゃないかと悔やむことがある。もしそうしていたら、彼の人生はちがったものになったんじゃないかとな」

淡々としているからこそ冴島の苦悩が伝わってくるようだった。

返事どころか、相槌《あいづち》を打つのも憚《はばか》られ、和孝は唇を引き結ぶ。

どうやらそれは宮原も同じらしく、黙って手を動かすだけで口を挟むことはない。

「ただ、いくら考えても結局同じ結論になる。どの道に進んでいようと久遠くんは両親を死に追いやった人間を許さなかったはずだし、結局、裏社会に足を踏み入れただろうとな。世の中にはどうしようもないことがある」

けど、と冴島は言葉を重ねていく。

「おまえさんはちがう。いますぐにでも、久遠くんと手を切ってほしいくらいだ」

おそらくずっと腹の中に溜《た》め込んでいたにちがいない。短い間であっても一緒に暮らした自分には、冴島の思いは痛いほど伝わってくる。

はい、と答えられたらどんなにかいいだろう。

でも、できない。

「先生」

代わりに、宮原が冴島の背中へ手を置いた。

「僕も同じ気持ちですけど、あきらめるしかなさそうですよ。なにしろ、こうと決めたら脇目《わきめ》も振らずに突っ走るのが柚木くんですから」

苦笑混じりのその一言に、答えはわかっていたと言いたげに、ふっと冴島は笑った。

「猪《いのしし》もかくやだからな」

振り返ったその顔は、やはりいつもの冴島だ。幾重にも刻まれた目尻《めじり》の皺《しわ》に優しさが滲《にじ》んでいる。

「猪って、先生。俺、まっすぐ以外も走れますから」

「どうだかな」

「ひどい」

しかめっ面をしてみせると、宮原が朗らかな笑い声を聞かせる。

冴島の懐の深さ、宮原の気遣いをひしと感じながら、和孝はここに久遠がいればと思わずにはいられなかった。

ふたりの気持ちに触れればきっと気づくはずだ。自分が木島組のトップというだけではなく、みなに愛されているひとりの人間だと。

いつもどおりに小言をもらい、三人でもう一杯茶をご馳走《ちそう》になってから暇《いとま》を申し出る。

玄関まで見送りに出てくれた冴島は、これが最後とでも言いたげに渋い顔で口を開いた。

「まあ、くれぐれも気をつけてくれと久遠くんにも伝えておいてくれ。この年寄りより先に閻魔《えんま》様に会うようなことは許さんとな」

けっして大げさではない。現に先日の事故では命を落としかねなかったし、過去に何度も軽傷とは言えない怪我を負っている。

はい、と承知し、宮原とふたりで冴島宅をあとにした。明日にでも電話をして冴島からの言葉を伝えるつもりでいた和孝は、駐車した広場までの道程で意外な一言を聞かされることになった。

「柚木くんのお店に行かないのは、無事でいてほしいって願掛けしてるからみたいだよ。本当は先生が誰より行きたいはずなのにね」

白い息とともに告げられた言葉を噛《か》み締め、胸に刻み込みつつ隣を歩く宮原を見る。宮原はほほ笑み、

「先生らしいね」

とつけ加えた。

「本当ですね」

まさかそんな理由からだとは思いもしなかった。宮原の言うとおり冴島らしい。いつも他人の心配ばかりだ。

「今日はありがとうございました」

車まで歩いてきたとき、いま一度礼を言った。

「僕のほうこそだよ。あ、久遠さんに冴島先生と柚木くんを泣かしたらみんなが許さないからって伝えておいて」

「はい」

こちらは宮原らしい伝言だ。胸があたたかくなる。

「それじゃあね。また連絡する」

ながら。

「待ってます」

普段どおりの挨拶を交わしたあと、それぞれの車に乗り込み、帰路についた。来てくれないなら押しかけてやろうと突然ひらめき、実行に移したのは正解だったとしみじみ思いながら。

「忘れてる場合じゃないって」

赤の他人を引き取ろうとまで考え、いまだ悔やんでくれるひととの思い出を忘れたままでいいはずがない。

今後の人生において不要な過去であろうと、久遠には取り戻す義務がある。冴島や、案じてくれるみなのために。

自宅に帰るとすぐ、バスタブに湯を張るために給湯スイッチを押したあと、隅っこに三つほど重ねた段ボール箱の前に立つ。

中身は夏物の衣服等、現在必要としないものだ。

午後九時半。

「よし、やるか」

ぐずぐずしていてはいつまでたっても引っ越しできない。すでに部屋は決まり、移り住めばいい状況なのだから早いほうがいいだろう。

気分を一新するためにも必要だ。

壁に立てかけておいた段ボールをふたつ組み立て、難関のキッチンにとりかかる。衣服や日用品等は必要最低限しか所有していないが、キッチン道具や食器類は確実に多い。

とりあえずしばらく使わずにすむものから、梱包《こんぽう》材で包んでいく。

「あ、これ。青い色が綺麗で一目惚《ひとめぼ》れしたんだよな」

青い大皿を念入りに包みながら、いつか店で使えればと買ったときの記憶がよみがえる。食器ひとつとってもそれぞれ思い出があるというのに、それが人間相手ならなおさらだよなと、ちらりと床に置いた携帯に視線をやった。

いま電話をしようか。

今日の出来事を話すには、このタイミングが一番いい。三人で過ごした時間や話したこと。なにより、冴島と宮原からの大事な伝言を預かっている。

携帯に手を伸ばした、直後だった。インターホンの音に和孝は反射的に床から腰を上げ、そちらへ目をやった。

「……マジか」

インターホンのモニターに映し出された顔に覚えずそう呟き、すぐさまオートロックを解錠する。たったいま電話をかけようとしていたところだったので、なんて偶然だと多少の驚きもあった。

「もしかしてこの狭い部屋が気に入ってるんじゃないの」

まもなくやってきた久遠に、玄関のドアを開けた途端にやにやと笑って言ったのはそのせいだった。

「残念ながら、引っ越しするけどね」

軽口とともにリビングダイニングに通すと、目の前には段ボール箱がある。真ん中に置かれたそれを見た久遠は、

「こんな時間にか？」

当然とも言える質問を投げかけてきた。

「夕方から冴島先生のところへ行ってて、さっき帰ってきたばっかりだから」

「そうだったな」

「うん。宮原さんとふたりで」

事務所から直接ここへ来たのだろう、脱いだコートの下は見慣れたスーツだ。ネクタイもきっちり締められている。

「泊まるなら、ちょうど湯を溜めたばかりだから風呂《ふろ》入ってきたら」

久遠のネクタイに指をかけ、少しだけ緩めた。その後着替えを用意するために隣室へ足を向けようとしたが、当人に止められた。

「とりあえず、きりのいいところまですませたらどうだ」

そう言うが早いか、久遠は上着を脱いでネクタイを肩へやり、腕まくりをして床にあぐ

らをかくと、和孝が途中までやっていた箱詰めの続きにとりかかる。

「あ……うん。ありがとう」

まさか手伝ってもらえるとは思っていなかったので、戸惑いつつも、続きをやることにする。和孝も座り、ふたりでキッチン道具の梱包を始めた。

「そういえば、冴島先生と宮原さんから伝言を預かったんだけど」

「伝言?」

久遠は梱包の手を止めないまま、ぐるりと目を一周させる。宮原はさておき、冴島はいまの記憶を失っている久遠にしても無視できない存在のようだ。

「『くれぐれも気をつけるように、この年寄りより先に閻魔様に会うのは許さんぞ』」

冴島の声を真似て伝える。

「で、次。『冴島先生と柚木くんを泣かしたらみんなが許さない』」

こちらは宮原の真似で。

「冴島先生、言ってたよ。高校生の頃からどこか達観したところがあったから、それがかえって心配だったって」

あえて「自分が引き取っていたら」という部分は話さなかった。他人が口にするより、冴島本人から久遠に伝えるべき大事な言葉だ。和孝ができるのはそういう機会がくればいいと願うことだけだった。

どうやら少なからず耳の痛い伝言だったのだろう。怖いな、と久遠は苦笑した。

「肝に銘じておこう」

「そうだね。久遠さん、責任重大だから」

梱包したキッチン道具と食器を隙間《すきま》なく箱詰めしていく。二箱分うまく納めると、和孝が段ボール箱を押さえ、久遠がガムテープで封をした。

「十時過ぎか。ついでにもうちょっとやろうかな」

面倒な引っ越し準備も、おかげで捗《はかど》ったうえ、そう悪くもない時間になる。この際と、手を動かしながら無理やり昔話を口にのぼらせた。

久遠が忘れて、自分の知る十年間の話だ。

絶対こっちからは話してやるものかと意地になっていたが、もうどうでもよくなった。どちらがどうであろうと、起こったことは同じだ。なにも変わらず、和孝自身の脳裏に刻み込まれている。

宮原との出会い。聡のこと。冴島との経緯《いきさつ》。いまも続いている津守《つもり》や村方《むらかた》との日常。孝弘への思い。

久遠と自分、ふたりの十年間。

話したいことは山ほどある。

急ぐ必要はない。これからたっぷり時間をかけて自分の知っていること、経験してきたことを話していけばいい。

ひとつずつ、宝物みたいな思い出を。

「でさ、そのとき宮原さんお金持ってなくて、俺が貸したんだけど――あ、久遠さん、そのプチプチとって」

「これか」

「そう、それ」

そして、久遠と過ごすこの瞬間も間違いなく宝物だった。

# 惚《ほ》れた弱み

仕事終わりに久遠《くどう》宅へ向かい、合い鍵《かぎ》を使って最上階へ上がった和孝《かずたか》は、一応インターホンを鳴らしてから出迎えを待たずに同じ鍵で玄関扉を開ける。スニーカーを脱ごうとしたとき、久遠のものではない革靴が目に入った。

「……もしかして」

リビングダイニングに足を踏み入れた途端、やっぱりかと予想したとおりの来客を前にして慌てて頭を下げる。

「こんばんは。お邪魔なら、俺、出てましょうか?」

そこにいた上総《かずさ》に挨拶《あいさつ》をし、ドアの向こうを指差す。いたって普段どおりの態度で接したつもりだが、内心は穏やかではなかった。

上総が久遠宅を訪ねてくるのは、本来めずらしいことだ。そのため、どうしても先日の出来事が脳裏をよぎる。

今度は何事だと不安になってしまうのは致し方なかった。

「いえ」

裏社会の人間だと思えないほど物腰やわらかな上総は、眼鏡の奥の目をやわらかに細め、こちらへ目礼してきた。

「それには及びません。渡すものがあって、立ち寄っただけですので」

たとえ本音はどうであろうと、自分に対しても敬意を払ってくれる上総に恐縮し、自然に背筋が伸びる。

「そうでしたか」

テーブルの上に置かれたA４サイズの封筒を一瞥《いちべつ》した和孝は、中身に興味を持ったもののすぐに笑みを貼《は》りつけ、キッチンへ足を向けた。

「いまコーヒー淹《い》れますね。あ、それともなにか、アルコールにしますか」

自分にしてみれば、精一杯の愛想だ。

いい歳《とし》をして苦手意識もなにもあったものではないとわかっていても、他の誰より上総と接するときには緊張する。きっとそれは後ろめたさのせいだし、多分に嫌われたくないという心理も働くのだろうと和孝自身は思っていた。

「もう帰りますので結構ですよ」

そう言うが早いか、上総は久遠のみならずこちらにも挨拶をしてすぐに去っていく。わざわざ自宅まで書類を届けに来たくらいなので他に用事があったのではないか、それともよほど急を要するものなのかと、あっさりした態度によけいな邪推をしそうになったが、それを知ってか知らずか久遠がワイシャツの袖《そで》の釦《ボタン》を外す傍ら答えをくれた。

「書類はついでだろう」

と。

「さりげなく、何度かここへ来たときの話をしていった」

「え。ああ、そういうこと」

つまり、久遠の記憶を取り戻したいと上総も考えているのだ。仕事に関することのみならず、個人的な部分までというところに上総の心情が表れている。

表面上はクールに振る舞っていても、大事な組のトップというだけではなく戦友として久遠を案じているにちがいなかった。

「上総さんって、組のことばっかり考えてるって感じだね」

大変だと、同情を込める。

若い組員の世話も引き受けているようなので、仕事とプライベートの境目が不明瞭《ふめいりょう》なぶんストレスも多いだろう。組長を気遣いながら部下の面倒をみるなど、まさに中間管理職そのものではないか。

「損な性分だ」

苦笑いでそう言った久遠に同意する。直後、震えだしたジャケットの左ポケットへ手をやった。

右のポケットに入っているのがスタンガンで、左は携帯だ。

こんな夜遅くに誰だろうかと携帯を取り出してみると、驚いたことにそこにあったのはたったいま帰っていった上総の名前だった。

「え……なんで」

直前までこの場にいたのに——思いがけない相手からの電話に首を傾《かし》げる。そもそも久遠ではなく、自分にかけてくる理由がわからない。

「ちょっと、向こうで電話してくる」

あえてこの場で話さなかったのはなにかあるはずだ、そう思った和孝は久遠に断り、廊下へ出てから携帯を耳にやった。

「はい」

前回の電話は久遠が事故に遭ったと伝えてきたときだったと、それを思い出すと自然に身構えてしまい、頰《ほお》が強張《こわば》るのを感じた。

『柚木《ゆぎ》さんには、きちんと謝っておきたかったんです』

「え」

だが、突然のことに面食らう。

なにを謝るというのか。戸惑いつつ次の言葉を待った和孝の耳に、じつに率直で、ある意味上総らしい一言が返ってきた。

『すみません。記憶を失っていると知ったとき、故意に柚木さんの話をしませんでした。

隠し通せるはずがないのに、つい――』

そのことに関しては意外でもなんでもない。上総の立場であれば、これを機に関係を清算できればと考えるのはむしろ当然だろう。

もしうまくいけば、組に姐《あね》を迎えられる可能性も出てくるのだから。

「謝ってもらわなくて大丈夫です。組にとってはそっちのほうがいいって、俺もわかってますし」

平静を装ったものの、無論本心はちがった。普段は仕方がないと開き直れても、こうして上総に謝られると、後ろめたさがこみ上げてくる。

「気にしないでください」

胸の奥の痛みをごまかしながら、努めて明るく返した。

和孝にしてみれば、わざわざ電話をかけてくれるまでもないという意味だった。しかし、どうやら上総の真意は他にあるようだ。

『柚木さんは、それでいいんですか?』

「…………」

唐突な問いかけの意図を測りかね、即答を避ける。

果たして上総はなにを「いいのか」と聞いているのだろうか。

『みすみす退《ひ》くチャンスを逃したということですよ』

これには少なからず驚く。まさか上総がそんなふうに考え、問うてくるとは予想だにしていなかったのだ。

本来、自分は邪魔な存在だ。上総の立場であれば疎ましく感じていたとしても仕方がない。にもかかわらず、組や久遠の身のみならず和孝まで気にかけてくれるなど、普通ならあり得ないはずだ。

以前、谷崎《たにざき》から聞かされた話をふいに思い出していた。

——あいつは一応就職するつもりで法律事務所に内定ももらっていた。おかしいだろ？　やくざの息子が法律事務所。上総は弁護士になりたかったんだ。一度も口には出さなかったが。

——就職祝いしてやるよって言った矢先に、やくざの息子だってのが先方に知れたらしくて内定が取り消しになって、結局一瞬の夢すら見られなかった。

あのとき、後悔を滲《にじ》ませた谷崎にかける言葉はなかったし、上総がどんな気持ちで受け入れたのか本当のところはわからなかった。

でも、いまなら想像することくらいはできる。

上総が支えを必要とする若い組員たちの世話を買って出るのは、自分が失ったものを与えようとしているのではないか。

夢とか、支えとか、信頼とか、そういう目には見えないものを。

組員ではない自分にまで気遣いの言葉をかけるのも、その延長線上のような気がしてくる。

損な性分。まさに、だ。

「ありがとうございます」

そう返した和孝に、普段どおり突き放すような声が投げかけられた。

『礼を言われる意味がわかりません』

そして、

『チャンスがあれば私はまた同じことをするでしょう。ですからいま謝ったのは、今後のぶんも含めてです』

これもまた上総らしい一言で締めくくり、短い電話を終えた。

「ほんと大変だ」

久遠の記憶が戻っていない現状での上総の労苦が窺《うかが》われ、同情を覚えつつリビングダイニングに戻る。

上総との電話の内容を話す気はなかったが、

「上総はなんだって?」

ソファで夕刊を手にした久遠に名指しで問われ、少なからず驚いた。

「え……なんで上総さんって気づいた?」

久遠が聞き耳を立てていたとは考えにくい。和孝にしても、上総の名前は出していないはずだ。

「反応を見ていればわかる」

確かに、こんな深夜に電話をかけてくる相手は限られる。が、自分ではそれほどわかりやすい反応をしたつもりはなかったので、こういうところも信頼ゆえかもしれないと、久遠と上総の関係を羨《うらや》む気持ちにもなった。

「いや、まあ、上総さんってあっちもこっちも心配しなくちゃならなくて大変だなって」

どうやらこれだけで久遠には察しがついたらしい。

おそらく久遠と上総の間には、口にはしなくても理解し合える、ふたりだけに通じるなにかがあるのだろう。若い頃からともに戦ってきた同志だからこそで、その絆《きずな》はたとえ途中の記憶が失われても容易《たやす》く弱まるものではないのだ。

もっとも上総の立場になりたいわけではなかった。自分だからこその役割や特権を、いまはよくわかっている。

「ちょっとだけ飲む？」

そう言うと和孝は、キッチンに立つ。あり合わせの食材で簡単なつまみを作るとテーブルに並べてから、ソファの上であぐらをかいた。

「上総さんだって、久遠さんに思い出してほしいんだよな」

先刻の話を持ち出す。

「上総さんだけじゃなく、沢木《さわき》くんだって、口には出さなくても心では一生懸命願ってると思う」

隣に座ってグラスを傾ける久遠は、ちらりと見てきただけで特になにも答えなかった。無理なものは無理だという考えからかもしれないが、たとえそのとおりであろうと、努力は必要だろう。

「ということで、クイズを始めます」

唐突なのは承知で、思いつきを口にのぼらせる。どうやら意表を突くのには成功したようで、意味がわからないとばかりに久遠は眉根《まゆね》を寄せた。

「ほら、必死で捜し物をしているときにはまるで見つからなかったのに、あとからひょっこり出てくるって、よくあるだろ？　それと同じ。思い出そうとするんじゃなくて、クイズだと思えば、視点が変わるかもしれないし」

なおも怪訝《けげん》な顔になる久遠に構わず、和孝は勝手に始めることにする。

「では第一問。宮原《みやはら》さんと久遠さんが知り合ったのはいつ頃でしょう。これはたぶん簡単だから、三十秒以内で答えて」

久遠の目の前で、メトロノームよろしく人差し指を左右に振る。

どうやらつき合ってくれる気になったらしい。

「ずいぶん前だ。つき合いができたのは、三十になる前だったらしいが」

らしいという言い方で、上総からもたらされた情報だと知れる。もともと予想していたことだったので、カンニングを責めるつもりはなかった。

「じゃあ、次は一気にレベル上げるから」

和孝は組んでいた脚を解き、久遠に向き直る。

「第二問。久遠さんの身体《からだ》にある傷はそれぞれ誰につけられたんでしょうか」

あえて厭《いや》な記憶を持ち出す。自分にしてもあまり思い出したくない出来事であると同時に、教訓にもなっていて、じつは記憶を辿《たど》るにはもっともわかりやすいひとつの目印みたいなものでもあった。

なにしろ忘れたくても絶対に忘れられない記憶だ。

「三つあるから」

そう言いつつ、膝《ひざ》立ちになって手を伸ばし、久遠のワイシャツの釦を外していく。肩からワイシャツを落とすと、三つの傷痕をあらわにした。

何度見てもぞっとする傷痕のうち、ひとつは刃創《じんそう》で、ふたつは銃創だ。

「ひとつは三代目を庇《かば》って撃たれたときだろう？　あとは聞いてないな」

だが、久遠の返答は予想とはまるでかけ離れていた。

「え……だって、久遠さんが三代目を庇ったのって」

久遠と自分が出会うよりも前の話だ。当時の週刊誌の記事を、和孝は久遠宅に居候《いそうろう》していたときにネットで目にした。

二十五歳以前の記憶はあるというなら、当然、この事件を久遠は憶《おぼ》えているのではないのか。

どうやら和孝の疑心が顔に出てしまったようだ。久遠が、かぶりを振った。

「綺麗《きれい》に線引きされているわけじゃない。二十五よりあとのことをまったく憶えていないというだけで、それ以前でも、抜けている記憶はいくつもある」

「あ……そうだったんだ」

複雑な心境で頷《うなず》く。

実際、安堵《あんど》すべきなのか、ショックを受けるべきなのかよくわからなかった。二十五歳の線引きが自分のせいではなかったと知れてほっとする一方で、それほど錯綜しているのかという思いもある。

「脱がされたし、風呂《ふろ》に入るか」

当人はどう考えているのか、普段と変わらない様子で半裸の自身を見下ろす。

「あ、そうだね」

ソファから腰を上げる久遠に、和孝は座ったままで答えた。

「入らないのか?」

そう問われたときも、缶ビールを振ってみせた。

「俺はまだビールが残ってるから」

もとより言い訳に使っただけにすぎない。本音は、ひとりで思考を整理したかったのだ。

それ以上はなにも言わず、リビングダイニングを出ていく久遠を見送ったあと、和孝はいまの言葉を頭の中で再現した。

思っていたよりずっと久遠は多くのことを忘れているのかもしれない。記憶が前後していると以前聞いたが、そういう意味だったかといまになって納得する。

それをどう考えるべきなのか。

「……わかるわけないし」

はあ、とため息をついた和孝は、のそりとソファから腰を上げる。空き缶と皿をキッチンに運んでから、数分遅れで久遠を追ってバスルームへ移動した。

衣服を脱ぎ捨て全裸になると、扉を開けて中へ入る。バスタブに身を沈めていた久遠が視線を投げかけてきたが、気づかないふりを決め込み、無言で身体と髪を洗って一緒に湯に浸《つ》かった。

久遠宅のバスタブだからふたりで入れるとはいえ、狭いことに変わりはない。背中を久遠に預けた和孝は、なにが正しいのか判然としないまま第二問の正解を口にした。

「左肩の傷痕が三代目を庇ったときので、俺と出会う二年くらい前のもの。で、腕の傷は砂川《すなかわ》組の嶋田《しまだ》に斬《き》りつけられたときで、俺もその場にいた。鎖骨の下の銃創は四代目争いの最中に——カチコミ？　鉄砲玉？　とにかく組が襲われたときのヤツ」

説明すると、なんて簡潔なんだろうと思う。

が、自分にとってはいまだ目にするたびに厭な気持ちになる、重い重い枷《かせ》も同然の傷痕だ。

「これだけは憶えておいて。久遠さんの身になにかあると、死ぬほど心配する人間がたくさんいるから」

とりあえず言いたいことを言うと、がちがちに固まっていた四肢から力を抜いた。

「おまえは？」

背後で久遠が問うてくる。

「なにが？」

「『死ぬほど心配する』」

「そんなの」

和孝は体勢を変えて、久遠と正面から顔を合わせる。身体を倒し、肩口に額をくっつけてから憎まれ口で応《こた》えた。

「答えなきゃわかんないのかよ」

わからないのなら、意地でも言ってやるかと声音に込める。だが、手のひらでうなじを抱かれ、引き寄せられてその意地もぐらぐらと崩れていった。

「……心配、するに決まってるだろ。いつも生きた心地しなかった」

目の前で嶋田に刺されたとき、撃たれたと知らされたとき、そして、今回の事故。いつのときも正気ではいられず、心臓が止まりそうだった。

「これ以上ひとつでも傷を増やしたら、俺、許さないから」

そう言った和孝に、ふっと久遠が小さく笑った。

「怖いな」

「だろ?」

顔を上げて、至近距離で見つめ合う。そして、右手の指を三本立てた。

「ここで第三問です」

どうやらこのタイミングは予想外だったらしい。くっと喉《のど》で笑った久遠に、いい気分になった。日頃から常に不意を突かれているので、たまに出し抜けると俄然《がぜん》テンションが上がってくるのだ。

「これ重要だから」

前置きした和孝は、もったいぶって三問目を口にした。

「久遠さんは、以前、俺のどこが好きだと言ったでしょう」

どうせ憶えていないからこそできる質問だ。普通の状況であれば、自分のどこが好きかなんて恥ずかしくて到底聞けるはずがなかった。

「はい。制限時間は大サービスで三十秒」

「さっきも三十秒じゃなかったか？」

「この質問は、本来即答するものだからね。三十秒は大々サービスだって」

どうせ答えられるはずがないので、期待せずに三十からカウントダウンしていく。三十秒たったら、思い出せと言ってやるつもりだった。

「はい。残り十秒になりました」

だが。

「そうだな」

久遠は顎《あご》を引き、上目遣いで見てくると、思いがけない返答をする。

「以前のことはわからないが、外見が好みだというのは言っただろう？　好みの外見が拗《す》ねたり笑ったりするのを見るのは思っていた以上に悪くない」

「…………」

反射的に息を呑《の》んだ。

——おまえのよく変わる表情を見るのが好きだ。

久遠のあの言葉は、いまの自分にとって支えも同然だった。漠然とした未来が明確になった瞬間でもあった。

だからこそ、記憶のあるなしにかかわらず、いま同じようなことを口にした久遠を前に平静を保つのは難しかった。

「……正解」

目を伏せてしまったせいで、久遠の表情は見えない。当たって驚いているのか、それとも普段どおりなのか。

なにしろ自分自身がどんな顔をしているのかわからないのだ。

「のぼせそうだから」

久遠から離れ、先にバスタブを出る。

「クイズは終わりか？」

「リビングで」

バスルームをあとにすると、ひとりリビングダイニングへ戻った。

冷蔵庫から取り出したミネラルウォーターを飲みながら、当時のことに思いを馳《は》せる。

あのとき久遠は、さらにこうも言った。

――おまえのいない人生は考えられない。

どれほど心が震えたか。

言葉を信じていないと言い切った久遠だからこそ意味があるし、いま思い出してもやはり胸が熱くなる。

そのおかげで、愚かな行動にも出られると言ってよかった。でなければ、事務所の前で花柄の傘を広げたり日帰りで湯治場へ行ったりするのに躊躇《ちゅうちょ》しただろう。

行動に移せるのは、自分にはそれだけの理由も権利もあると思えるからだ。

「また濡《ぬ》れたままで」

呆《あき》れた口調に思考をさえぎられ、はっとして振り返る。考えていたことがことだったので、気恥ずかしさで頬が熱くなってくるのを感じたが、わざとそっけない態度をとった。

「いまから乾かそうと思ってたところ」

まるで高校生が親にする言い訳だなとうんざりしつつ、ふたたびバスルームへ足を向ける。鏡の前に立つと、案の定赤面していて、覚えず顔をしかめた。

「……みっともねえ」

ぼそりと呟《つぶや》き、目を伏せたまま適当にドライヤーを使う。しばらくして、いきなり首に触れてきた手に、肩が跳ねた。

「乾いたか？」

そこから髪にも差し込まれ、撫《な》でるように動かされていっそうしかめっ面を作るしかなくなる。いまだ些細《ささい》なことで赤くなったり青くなったりする自分にはどうかしていると呆れるが。

「乾いた」

ドライヤーをもとの場所に置く。

久遠は髪に手をやったまま、意外なことを口にした。

「なら、俺が質問してもいいか？」

いったいなんだというのか。どきりとしつつも久遠を窺う。

「いいけど」

だが、久遠が口にしたのはクイズではなかった。

「リビングでクイズの続きをするのか、それともこのまま寝室に行くか」

どうする？　と問われて、迷ったのは一瞬だ。もともと半分遊びみたいなものだったうえ、今日はもう十分、いっぱいいっぱいだった。

「続きは、今度でいい」

和孝は率先して寝室へ足を向けながら、どきどきし損だと苦笑いする。こちらがあんな質問をしたあとなのだから、「なら、おまえは俺のどこが好きなんだ？」くらいのことは聞いてこいよ、と思いながら。

とはいえ、実際にそうされても返答に困る。

煙草《たばこ》を持つ手つきや、自分を見てくるまなざし、片頬だけで笑う癖。静かな話し方。揺らがない姿勢、考え方。

少しばかり悪趣味な一面にすらときめいてしまうのだ。

こういうのを惚れた弱みと言うのだろう。

だとしても、そのままを久遠に話すわけにはいかない。これ以上の弱みをさらしたくないし、なにより恥ずかしい……と、そんなことを考えていた和孝だったが、寝室に入り、ベッドの傍《そば》まで来たところで気がついた。

「また、って」

久遠を振り返る。

「なにが？」

うなじに触れてきた手のひらに自分も肌を寄せてから、久遠をじっと見た。

「だから、また濡れたままでって言ったよな。またってなんで？」

「クイズは終わりじゃなかったのか？」

「クイズじゃなくて……なんで、またって言い方したのか聞いてるだけ」

はぐらかされているようなじれったさを覚え、返答を迫る。久遠は一瞬思案のそぶりを見せたあと、

「なんとなくだ」

と答えた。

「なんとなく？」

「そうだな」

期待どおりとは到底言えない返答だ。

「なんとなく、か」

それでも、失望はなかった。むしろ、こういう日常のちょっとしたやりとりがきっかけになって、少しずつ記憶を取り戻していくのかもしれないと希望が湧《わ》く。

これまでもそうだった。

明確な言葉や行動はほとんどなかったにもかかわらず、なんとなく傍にいて、いまもこうして寄り添っているのだ。

「がっかりしたか?」

この問いかけには答えず、にっと笑った和孝は両腕を久遠の首に回して引き寄せると、自分から口づけた。

微《かす》かに残るマルボロの味のキスに夢中になるのに時間はかからない。

「あ……」

パジャマの裾《すそ》から入ってきた手に直接撫で回されて、ざっと肌が粟立《あわだ》つ。どうせ脱ぐのに着なければよかった、などとパジャマ一枚をもどかしく感じつつ、和孝も久遠の硬い身体に触れていった。

だが、指先が傷痕に引っかかった途端、昂揚《こうよう》は一瞬にして消え去る。あえてそこを指先で辿っていくと、平静でいるのは難しい。ひとつ間違えれば命にかかわっていたことを考えると、何度念押ししても足りないくらいだった。

人生をかけた男の傷つく姿を見たい者なんて、どこにいるというのだ。

「その気になれないか?」

吐息が触れ合う距離でそう問われて、まさかと答えた。

「もしそうでも、久遠さんがその気にさせてくれるよな」

目の前の唇を舌先で舐《な》め、続きを促す。実際、久遠と同じベッドにいて、おとなしく眠るだけなんて考えられなかった。

ふっと久遠が目を細める。

意外なほどやわらかなまなざしに胸を喘《あえ》がせると、その後、こめかみに触れてきた唇も戸惑うほど優しかった。

「そんな顔をしなくても、ちゃんと伝わってる」

「……………」

敵《かな》わないと思うのはこういうときだ。和孝は心中で白旗を揚げ、身体の力を抜いた。

なんのかの言ったところで、自ら久遠の手のひらの上に乗っている以上、好きなだけ転がされるしかない。先がどうなるかなんて誰にもわからないけれど、これだけははっきりしている。

「久遠さん――」

きつく抱き合い、口づけを再開する。

あとは欲望に任せて存分に貪《むさぼ》り、惜しみなく与えればよかった。

互いに満足するまで。

# あとがき

こんにちは。高岡《たかおか》です。二〇二一年、おかげさまで最初のＶＩＰをお届けできる運びとなりました。本当に嬉《うれ》しいですし、おかげさまと感謝の気持ちでいっぱいです。

それにしても、去年、二〇二〇年は大変な年でした。長く生きていればいろいろなことがあるものですが、よもや世界じゅうで未知のウィルスが蔓延《まんえん》するなんて……映画でしかない話だとばかり思っていました。

近々の愉《たの》しみはもちろんのこと、先々のあれもこれもの変更を強《し》いられるはめになり、皆が等しくつらい状況のなかにあって、ＶＩＰにおつき合いくださっていること、言葉には尽くせないほど感謝しています。

佳境、佳境とあとがきに書いていたように、佳境です。木島《きじま》組はいよいよ三島《みしま》を四代目から引きずり下ろすために動きだしました。

当然、和孝《かずたか》にも影響が出てきます。久遠《くどう》と和孝、さらには彼らを取り巻く人々を見届けていただけるととても嬉しいです。

そして！　今作『宿命』も電子オリジナルを同時配信していただけることになりました！『運命の糸』より増ページ増ラブに仕上がっていると思いますので、そちらもどうぞよろしくお願いします。

毎回素敵なイラストを描いてくださっている沖《おき》先生、いつもありがとうございます。どんなふたりが拝見できるのか、今作もとても愉しみです！

担当さんも、いつもお世話をおかけします。コロナで思う以上に精神的ダメージを受けていたところ、いろいろお話ししてくださって本当に助かりました。あまり自覚がなかったので。

最後に。リアルタイムでずっとおつき合いくださっている皆様、合本から入手してくださった皆様、本当にありがとうございます！

普段以上に「おかげさま」というのを実感した去年でしたが、今年も幸運、幸福を嚙《か》み締めながら邁進《まいしん》する所存です。

とにもかくにも、あけましておめでとうございます（今年初めての新刊ですし）！

本年もなにとぞよろしくお願い申し上げます。

『ＶＩＰ　宿命』、少しでも愉しんでいただけることを祈りつつ。

高岡ミズミ

『VIP《ブイアイピー》　宿命《しゅくめい》』、いかがでしたか？
高岡《たかおか》ミズミ先生、イラストの沖麻実也《おきまみや》先生への、みなさまのお便りをお待ちしております。

高岡ミズミ先生のファンレターのあて先
〒112-8001　東京都文京区音羽2-12-21　講談社　文芸第三出版部「高岡ミズミ先生」係

沖麻実也先生のファンレターのあて先
〒112-8001　東京都文京区音羽2-12-21　講談社　文芸第三出版部「沖麻実也先生」係

N.D.C.913　220p　15cm

**高岡ミズミ（たかおか・みずみ）**
山口県出身。デビュー作は「可愛《かわい》いひと。」（全9巻）。
主な著書に「ＶＩＰ《ブイアイピー》」シリーズ、「薔薇王院《ばらおういん》可憐《かれん》のサロン事件簿」シリーズ。
ツイッター　https://twitter.com/takavivimizu

**講談社X文庫**

white heart

# VIP《ブイアイピー》　宿命《しゅくめい》

高岡《たかおか》ミズミ

●

2021年3月3日　第1刷発行

定価はカバーに表示してあります。

発行者──渡瀬昌彦
発行所──株式会社 講談社
東京都文京区音羽2-12-21 〒112-8001
電話 編集 03-5395-3507
販売 03-5395-5817
業務 03-5395-3615
本文印刷─豊国印刷株式会社
製本───株式会社国宝社
カバー印刷─半七写真印刷工業株式会社
本文データ制作─講談社デジタル製作
デザイン─山口　馨



ISBN978-4-06-522214-0

## 講談社X文庫ホワイトハート・大好評発売中！

### VIP

高岡ミズミ
絵／佐々成美

あの日からおまえはずっと俺のものだった！ 高級会員制クラブBLUE MOON。そこで働く柚木和孝には忘れられない男がいた。和孝を初めて抱いた久遠。その久遠と思いがけず再会を果たすことになるが!?

### 薔薇王院可憐のサロン事件簿

高岡ミズミ
絵／アキハルノビタ

薔薇王院可憐、華麗に登場!! 日本では敵なしの大富豪、薔薇王院家の末息子・可憐はある日、探偵になることを決意した！ 天使の美貌の超箱入りお坊ちゃま・可憐の大活躍が始まる!?

### 囮《おとり》―探偵助手は忙しい

高岡ミズミ
絵／日吉丸晃

探偵助手のお仕事は、危険がいっぱい!? 売れないイラストレーター・晋一郎の居候先は、老舗呉服屋の次男坊・千秋時哉の家。オカルト専門の探偵業を営む千秋の囮捜査を、助手として手伝うことになったが……。

### ブライト・プリズン
学園の美しき生け贄

犬飼のの
絵／彩

この体は、淫靡な神に愛されし一族のもの。全寮制の学園内で「贔屓生」に選出されてしまった薔は、特別な儀式を行うことに！ そこへ現れたのは日頃から敵愾心を抱いている警備隊隊長の常盤で……。

### 龍の恋、Dr.の愛

樹生かなめ
絵／奈良千春

ひたすら純愛。だけど規格外の恋の行方は？ 関東を仕切る極道・眞鍋組の若き組長・清和と、男でありながら清和の女房役で、医師でもある氷川。純粋一途な二人を狙う男が現れて……!?

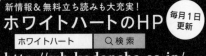

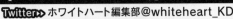